愤怒的钢铁

韩梦泽　著

天津出版传媒集团

百花文艺出版社

图书在版编目（CIP）数据

愤怒的钢铁 / 韩梦泽著. -- 天津：百花文艺出版社，2020.9
ISBN 978-7-5306-7935-7

Ⅰ.①愤… Ⅱ.①韩… Ⅲ.①长篇小说–中国–当代
Ⅳ.①I247.5

中国版本图书馆 CIP 数据核字(2020)第 171903 号

愤怒的钢铁

FENNU DE GANGTIE

韩梦泽 著

出 版 人：薛印胜
责任编辑：韩新枝　张 烁
装帧设计：郭亚红
出版发行：百花文艺出版社
地址：天津市和平区西康路 35 号　　**邮编**：300051
电话传真：+86-22-23332651（发行部）
　　　　　　+86-22-23332656（总编室）
　　　　　　+86-22-23332478（邮购部）
主页：http://www.baihuawenyi.com
印刷：山东临沂新华印刷物流集团有限责任公司
开本：900×1300 毫米　　1/32
字数：125 千字
印张：6.375
版次：2020 年 9 月第 1 版
印次：2020 年 9 月第 1 次印刷
定价：41.00 元

如有印装质量问题，请与山东临沂新华印刷物流集团有限责任公司联系调换
地址：山东省临沂市高新技术产业开发区新华路 1 号
电话：(0539)2925659　邮编：276017

引　子

亨利·怀特中尉最初是一名外科大夫,太平洋战争爆发后,他报名参军,被编入美陆战一师成为一名战地医生。瓜岛战役①时他的医疗队被日军舰炮击中,伤亡惨重,而他却侥幸逃过一劫,只损失了两根手指。既然无法再拿起手术刀,怀特决定直接参与战斗,作为一名步兵勇往直前。

此后不论是在格洛斯特岬还是贝里琉岛②,乃至异常惨烈的冲绳之战③,这位来自怀俄明州的年轻大夫都显得英武过人,且好运常伴,躲过了一次又一次的爆炸、枪弹、刺刀、疾病和意外。

常人无法想象的是那些可怕的非战斗减员,士兵们一旦迈入热带丛林,就如同掉进了地狱,疟疾、痢疾不断夺走人命,有些倒霉蛋甚至被大树砸死。

怀特在"冰山行动"④中踩到了地雷,而那竟然是颗哑雷。关于好运,他总结为两个原因:第一,他相信上帝,既然自己曾挽救了数十个人的生命,那么作为神,不会视而不见;第二,他相信爱情的力量,绝不会失信于那个在家乡等待他回去结婚的漂亮姑娘。不过,他的上司可不这么想,哈里斯中校认为这名医疗兵身上,具备了怀俄明人固有的冒险家精神以及淘金者的狡猾和偏执,这个来自落基山脉的小子,身体里流淌着祖辈们征服印第安人的血⑤,一个外科医生的冷静再加上足够的狗屎运,这种人就算子弹飞到面前也会掉在地上。

此外,中校始终怀疑他的出身,作为爱尔兰后裔怎么会长得如此高大和悦目?按理说一个身材短粗满头红发且脾气暴躁的家伙似乎才更符合一些。为此,他至少有两次当面问到怀特,你的祖辈真的没有一点儿德国血统吗⑥? 在得到同样的否定回答之后,哈里斯总会在心里埋怨老天的偏心,没错,上帝会很吝啬地不把美貌和智慧分配到同一个女人身上,却往往肯把英俊和才华丢给同一个男人,且对他的寿命照顾得很好。

怀特是有战争才华的,这或许比当医生更让人信服。沉稳果决,枪法精准,具备独立作战能力,对待这样的人,你不给他一支狙击枪和晋升的机会是无论如何也说不过去的。作为指挥官当然很清楚,好的射手会比好的医疗兵更可贵,而且更带劲儿。何况在被问及战绩的时候,怀特是这样回答的:"哦,长官,我大约干掉了 40 多个日本人,确切地说是 43 个,如果战争继续下去而我也还能活下去的话,我认为这个数目还会增加。"

"二战"结束后,怀特和他的部队没有被当作征服者出现在东京的街头,却被派驻到了中国华北,直到 1947 年的深秋,他才终于得以重归故里,与分别六年的心上人完婚。

而在此时，他正蜷缩在一块岩石后面诅咒着这该死的天气，实在是太冷了，即便有些许阳光，气温至少是零下 20 华氏度⑦。黎明独自出来的时候他把一切能穿的东西都穿上了，袜子套了两层，围巾将棉帽结实地绕了几圈，可这似乎都没什么用，他感觉不到脚趾的存在。

迫于狙击手的习惯驱使，怀特每隔十分钟就会动一动手指，用以确认它们还能工作，然后就是怀里抱着的那支枪，也用布条缠了很多圈，活像一具袖珍的木乃伊，他会不时地审视枪口和扳机有没有被霜冻。

这是一支加兰德步枪⑧，装备了瞄准具，怀特非常信任他的武器，600 码⑨距离内他有十足的把握命中敌人的要害，前提是枪栓不要被冻住。

关于歼敌，他也有自己的一套主张，就像所有的优秀狙击手一样拥有各自的信仰。怀特的作战有三原则：首先，不向敌人的后背射击，即便他们是在逃跑，战争是男人的生死游戏，必须面对面；其次，一击不中绝不补枪，他相信那个人一定和他一样受到了上帝的庇护；最后，每天至多击杀三个人，除非自己身陷绝境。

对于这最后一点，他并没有一个合理的解释，也从未向任何人提起过。潜意识里或许跟神秘主义有关。

他所在的这块岩石，足够藏身，距离敌人的前哨阵地大约500 码多些，位置良好，不过他可没打算在此袭击对手，毕竟附近就只有这么一块像样的石头，太过明显，极容易成为对方机枪手的关照之地。他的预设战位是在斜向 45 度角的 70 码外，那里有个浅浅的洼地和一些荒草,射界还算开阔。

中午的时候,怀特听见了对面传来的号声,知道那不过是佯攻,也就不以为意,区区一个连队怎么敢正面冲击一个营的阵地?再说,那些家伙几乎没有重武器,包括基本的装备都少得可怜。

这场战争没人知道最终会是怎样,不过眼下的局面却并不让人乐观,感恩节前结束已经不可能了,圣诞节也很难说,恐怕"麦帅"又要失信一次⑩。相比将军,士兵们似乎更愿意接受哈里斯的话——这位务实的中校说:"鬼才相信那个老头子的话!他知道自己的士兵现在怎样吗?他知道自己的敌人是谁吗?他知道这儿有多么冷吗?阿肯色人除了养鸡什么都不知道⑪!他以为我们是在作战,其实我们是在突围!我想他真的应该来这个鬼地方看一看,如果他肯来的话,我非常愿意把那辆谢尔曼⑫擦洗得一尘不染让他乘坐!"

的确,别的先不说,就眼下这块阵地,双方对峙已经两天了,两天来谁也没有迫切交战的意思,似乎都在偷偷忙着背后的事情,己方的撤退进行得还算有条不紊,敌人的增援却也迟迟不见,天知道他们的下一步打算又是什么?

榴弹炮轰鸣了几十声之后,对面安静下来,摆出一副被炮火压制住的样子,但这并不可笑。怀特决定还是等一等,等到敌人慢慢放松了警惕再说。于是他趁机睡了一觉,难得午后的阳光射穿了云层。

他甚至还做了个梦,梦见在斐济的一棵椰子树下酣睡,扇尾鸠凌空飞过,发出拍打气流的声音,那儿的植被真好,到处都是暖洋洋的,不远处是洁白的沙滩,妻子牵着两岁女儿的手慵懒地散步,并时不时因为躲避浪花而发出快活的笑声,而在更远的地方,是"萨拉托加号"航空母舰⑬雄伟的灰色身影,它安静地停泊在蔚蓝的海面上,水兵们在甲板上走来走去,干净的军帽白得耀眼……

后来他醒了,寒气涌来阳光尽去,浓雾样的阴云弥漫了整个天空,阵地的两端寂静无声,似乎所有人都已离去。他活动了一下僵硬的腰脚,把步枪顺在臂弯里,小心地趴下匍匐前行,用最缓慢的动作移动着身躯朝预定战位靠近。

他是一英寸一英寸爬过去的,那70码的距离足足花了半个小时。就位之后,他用最小的角度仰起额头,透过枯萎的草丛细致地观察了一下对面的情况,随后慢慢架起了武器。

忽然,来自身后的半空里发出轰鸣,一听就知道是野马式战斗机⑭,随后炸弹穿空的呼哨声便掠过头顶。怀特只好俯下头部,准备迎接一次并不危险的投弹。紧接着,数百米外便传来闷响,几秒钟后又是一声。"野马"迅速拉高飞走,可以听到它的引擎声消失在天际。很显然,这是一次例行的侦察性攻击。

怀特重新抬起面孔,越过瞄准镜,可以看到两股烟雾匀速地升腾到几十米的空中。然而让他感到诧异的是,伴随着履带式装甲车辆吱吱嘎嘎的噪声,从后面传来的还有一些低沉杂沓的脚步声,这是要发动进攻了吗?他索性翻过身,朝己方阵地张望。

三辆坦克徐徐而来,在颠簸的土地上不时喷出灰色的烟雾,车长们稳稳地趴在炮塔的机枪上举着望远镜,指指点点。跟在每辆坦克身后的是两列步兵,数目大约一个排,所有的人都把枪端到面颊的高度,步履凝重。

这是一个陆战连队的集体进攻,怀特觉得突然和意外,短短半天的时间就变换了战术行动,难道是后撤部队受阻了吗?这个念头让他产生了些许忧虑,不过在战场上没有什么是不可以接受的事实。

榴弹炮再次发出了咆哮,爆炸声持续不断,听密度大约有一个炮兵营参与了火力准备。伴随着汽油机引擎的嗡嗡声,一辆谢尔曼从怀特身旁驶过,他还是头一次这么近距离地感受坦克的威力,30吨的重量以及3米高的车身如同一尊钢铁怪兽,缓慢却自信,任何轻武器在它的面前都会遭到无情碾轧,螳臂当车的结果只能是毁灭性的。怀特不免联想到一个词语:战争机器。

步兵们依次从他的一侧经过,有些人甚至没有注意到这名狙击手的存在,几个意外发现他的人先是面带惊讶,随后才点点头示意,目光中流露出复杂的情绪,却又不难解读。怀特用左手的大拇指摇了摇,希望能送去好运,但他很清楚接下来的事情绝不会轻松。与亚洲人作战的经验告诉他,任何一场像样的阵地战都是艰难的,不论是丛林里凶残的日本人,还是山地上疯狂的朝鲜人,他们无一不是难缠的对手,在东方士兵身上似乎普遍存在着某种奇特的顽强以及不可思议的献身精神,而在这种神秘力量的驱使下,一切都变得邪恶与狰狞。

大约三分钟后,炮火进行了延伸,敌人的阵地上很快做出反应,嗒嗒嗒的机枪声里夹杂着零星的步枪射击,听起来不那么悦耳和恐怖,却也造成了一些伤害,几名陆战队队员显然被打中了,发出令人不安的尖叫,而这些叫声也激发了自己人的愤怒,于是所有武器都一齐开火,形成一阵致命的弹雨。

听得出,谢尔曼也开炮了,在航向机枪清脆不断的射击声里,那门75毫米口径主炮所爆发出的声浪显得尤为浑厚隆重。每一次轰击,都会造成敌人机枪阵地上某个点位的戛然而止,特别叫人振奋。

怀特可不想在此时探头观战,四处横飞的流弹已经让他的处境很是尴尬,作为一名潜伏者,绝不喜欢置身在这种地方,就如同于闹市区里给人做手术。尤其那些打在坦克上的子弹,不但发出各种古怪刺耳的声响,还因为撞击改变了弹道反而越发刁钻无忌,到处飞溅乱窜,不断地撕裂空气和肉体。此时的中尉除了用力收缩躯干,别的什么也做不了。

又过了一会儿,榴弹炮和坦克炮都停止了轰击,阵地上除了传来手榴弹和小型迫击炮的闷响,再没有更大的爆炸声,转换成上百支轻武器互射所产生的持续不断的嘈杂。怀特猜测,这大概是冲到50码的距离了,最可怕的时候终于来临。

空中支援已及时赶到,十几架飞机分组从南北两个方向依次冲下,带着傲慢的呼哨声直扑敌阵。怀特非常喜欢这些家伙,这些驾驶着野马的棒小伙儿们都是那么带劲儿,无论攻击技术还是作战勇气也绝对一流,他们会从300米的天空直接俯冲到30米的高度,用六门机关枪兴致勃勃地扫射敌人的壕沟,然后进一步降低,展开精准的投弹,在双方如此近距离的情况下保证己方士兵毫发无损,而给敌人带来致命的打击。只要他们愿意,或者敌人稍有反抗,他们甚至可以把一枚枚炸弹丢进一个个散兵坑里,要么干脆丢在对方身上,就像球队的投手那样轻而易举。他们是攻坚步兵不可或缺的朋友,能把一场战斗提升到艺术水准,且极具观赏性,俯冲、扫射、投弹、拉升、盘旋,再俯冲,几轮下来,就能让那些五官扁平模样野蛮的亚洲士兵放弃用手榴弹和刺刀进行偷袭的念头。

怀特感受着野马飞机从自己头上呼啸而去的震颤,心里既兴奋又担忧。他知道在这种规模的打击下,任何一支缺乏防空武器的军队都会遭受重创,损失掉三分之一的战斗力极有可能,进而一败涂地。可是他同样知道,只要对方的指挥官还能幸存,那场短兵相接就不会被轻易取消,尤为可怕的是那些经过空中蹂躏和羞辱的敌军士兵,往往会变得极具报复性且极度血腥,于是成为武备强大一方挥之不去的梦魇……

空袭过后的阵地上出现了异乎寻常的宁静,但仅仅保持了几秒钟,就被军号声所打破,紧接着就是呐喊和各种各样疯狂的声音,手榴弹和炸药包不时被引爆,因为肉搏战而产生的怒吼和哀号在数百码外依然清晰可辨。

怀特的担忧被印证,这让他变得躁动不安,可又无能为力,过去的参战经历多次证明了一点——战斗一旦从火器演变成冷兵器之间的较量,对于任何一方来说都是最为关键的考验,获胜者会极大地提振士气,而溃败者得到的只有深入灵魂的胆怯。

他竖起耳朵倾听,努力分辨,风从坡地上刮过来,让声音变得忽远又忽近,那些毛骨悚然的惨叫和哭喊似乎来自地狱深处,真实且虚幻,于是地狱就变得忽远忽近了。

他终于忍不住抬起头去看,于是整个阵地尽收眼底。一辆谢尔曼已经起火燃烧,乘员们正从里面爬出来用短枪射击冲上来的敌人,但很快就被几枚手榴弹压制住,由于没有进攻性武器,幸存者只能且战且退。另一辆坦克则没这么幸运,它的履带被炸断了,炮塔的盖子才推开,就被一个敌军士兵投进了燃烧瓶,里面的五个人全都着了火,四下里奔跑,然后被依次杀死。多数的士兵则聚拢在最后一辆坦克附近,使用手里的卡宾枪和冲锋枪进行着顽强的自卫,但是两个敌人仍然设法接近了他们,并引爆了炸药包。

怀特越看越觉得不真实,自己居然像个局外人一样无动于衷。之前的那辆谢尔曼因被点燃内部弹药而发生了殉爆,伴随一声巨响,整个炮塔都被炸飞到半空,放射出无数耀眼的光斑,可那些附近的人却丝毫没有受到影响,依然在追逐、在厮杀、在挣扎。唯一完好的坦克似乎产生了怯意,开始后撤,在用机枪打倒了一名迫近的敌人的同时,也碾死了自己人。

于是败退开始了,很多人发疯般地往回跑,甚至超越了坦克。那些无能为力的人,都被敌人一一用刺刀杀死,几个非常年轻的士兵干脆放弃了抵抗和逃命,摆出求饶的样子,但他们并未因此而获得宽恕。

一个士兵在经过怀特身边的时候,大声吆喝:"快跑啊——中尉!"可还没等到回应,就被一颗子弹远距离射穿了心脏,由于惯性,这名士兵又继续奔跑了十几米才栽倒。

真是一次失败的进攻!怀特想。一个火炮营、一个飞行中队、一个步兵连外加一个坦克排,竟然被一个不满编的使用落后武器的连队击败了,而且溃不成军,这是奇迹还是屈辱?

他并不愤怒,更没觉得有多少懊丧,类似的事情过去也曾发生过,眼下他需要做的就是继续完成自己的任务,所以不该产生消极情绪。随着更多的士兵从他身边跑过,怀特知道接下来会发生什么,那将是另一场屠杀。

果然,三十分钟后大炮又开始轰鸣了,敌人都摆在阵地表面的这种机会当然不能错过,18门重型榴弹炮一次齐射就能投送整吨的爆炸物,覆盖1000码的区域,更何况他们这次足足打了近一个小时,将一个火炮营的弹药悉数打完,说是屠杀半点都不为过。

这次炮击既是削弱,更像是报复,所以当一切都停下来后,阵地上除了燃烧产生的浓烟,就是久久飘动的灰尘,此外什么动静都没有。怀特知道自己的使命即将开始,于是再次检视了一下自己的枪支,然后稳稳地架起,不出意外的话,敌人肯定会出来打扫一下战场的,至少也会呼叫卫生兵救援。透过瞄准镜,他缓缓地扫描整个阵地,然而竟一无所获。这可真是匪夷所思,难道敌人全死光了,还是已经全部撤出了阵地?他脱离目镜把额头抬高,希望能发现一些真相。不过,接下来的一幕让他变得无比吃惊。

先是一个士兵跳了出来,然后是两三个同时跳出,最后是十几个人出现在了空旷的阵地上。这些人像僵尸一样四处逡巡,有的甚至没有持有武器。

尽管疑惑重重,加兰德步枪仍旧击发出第一颗子弹,并准确命中一名士兵的头部,于是那个矮小的亚洲人就像一根被榔头砸中的冰锥似的翻倒在地,干脆利落。怀特重新上膛,再次瞄准,却越发吃惊地看到其他人并未因此而四散奔逃或者就地卧倒,还是在反复徘徊,仅仅是变得多了一些焦虑。

第二发射中的是一个魁梧的家伙,子弹当胸穿透,激起了一层浅浅的粉色血雾,那个人似乎迟疑了一下才跪了下去,随后朝一侧倒毙。而余下的所有人依然故我,低头搜索,隐隐约约还能听到吆喝的声音。

怀特拉动枪栓,重新观察,这些家伙真是见鬼了,他们究竟在找什么呢? 于是决定暂缓攻击,一则是好奇心驱使,二则是他不想草草完成今天的数额,毕竟真的半点儿难度都没有。

在同一位置连开三枪本是狙击手的大忌。第一发纯属冷枪,敌人往往闹不清子弹打来的方向,而第二发基本可以确定大致的角度,一旦第三次枪声响起,那么任何一个老练的步兵都能给你定位了,更不要说对方的射手。不过怀特却没那么担心,敌人是没有狙击手的,这一点已经在最近两天得到验证。而且他们不单没有狙击手,甚至连一把带有瞄具的步枪都没有!更叫人放心的是,那些人完全没有还击的意思,哪怕胡乱扫射的行为都没有!

他终于看到一个士兵捡起了某个物件,但无法确定那是什么,再去看另外一个,那人也捡起了一根类似木棒的东西。怀特的心里多少冒出几分嘲笑,如果可以的话他很乐意跑上前去询问他们要不要帮助。

最后,他终于知道那些人在做什么了,随即果断地击发出第三颗子弹。此时的怀特意外地明白了一个道理,战争和爱情类似,很容易开始却很难以结束,结束的唯一方式就是年轻人的热血。热血消失,一切终结。他缓缓地收回武器俯低身子,并安静地待上半个小时,直到天近黄昏,这才悄悄地爬回到岩石后面。

任务完成,才发现手指近乎僵硬,使劲对搓了片刻,感觉像有无数的小针在攒刺指骨,怀特龇牙苦笑,从口袋内吃力地拔出一块巧克力,作为热量的补充和对自己的奖赏。他迫切地希望能尽快返回营地,去喝上一杯热的咖啡,同时把快要冻掉的脚趾放在炉火旁烤一烤,念及此处,他甚至体会到一丝久违的瘙痒自足心传来。他把枪重新抱在怀中,打算离开,却又想了一下,随后拆下瞄准镜从岩石背后探出半张脸,朝敌人阵地窥探。

忽然他认为自己这样做,是多余的。与此同时,大约300码的地方出现了微弱的光芒,只一闪,随即就是枪声。

怀特在半秒钟的时间里没有犹豫,他选择了承受,这是无法逃避的承受,所以没必要慌乱,他或多或少有了那么一点儿绝望和悔恨,但更多的情绪则是被留恋吞没了。那颗来自老式"莫辛纳甘"步枪⑮的子弹,锐利异常,毫不犹豫地穿透了瞄准镜射入他的眼眶,炽热的金属翻滚着切断额叶并撕毁了脑干,在一个外科医生的瞬间冥想中破颅而出,依旧飞行。

他不由自主地向后倒下,后脑撞击地面也丝毫察觉不到疼痛,就像无奈的野云雀⑯的羽毛跌落尘埃,只能闻到泥土和风的味道……

注释:

①瓜达尔卡纳尔岛位于所罗门群岛,盟军在太平洋战争中曾在此与日军发生过夺岛作战。

②美军进行太平洋逐岛争夺作战的一部分。

③太平洋战场上最大规模的两栖作战,美海军陆战一师损失惨重。

④"冰山行动"即冲绳之战的行动代号。

⑤怀俄明州因印第安人抵抗成为较晚加入美国联邦的州,曾是欧洲探险家和淘金者的必经之地,"怀俄明"来自印第安语,意为"大草原""山与谷相间之地"。

⑥怀俄明州的早期移民以德裔居多,而爱尔兰裔在美国普遍不受欢迎。

⑦大约相当于零下 30 摄氏度。华氏温度为美国计量习惯,沿用至今。

⑧加兰德步枪是美军"二战"后期到朝鲜战争间量产最大的轻武器,因其耐用性和精准性而闻名,部分产品衍生为狙击步枪。

⑨码为英美制长度单位,1 码约合 0.9144 米。600 码约合548.64 米。

⑩"麦帅"即联合国军总司令麦克阿瑟将军,为了激励士气曾提出在感恩节前结束战斗和"圣诞节攻势",但均未成功。

⑪麦克阿瑟的家乡是阿肯色州,该州有大量的养鸡场,哈里斯中校用地域歧视来表达内心的嘲讽。

⑫谢尔曼式坦克是美军在"二战"至朝鲜战争中较为普及的主力装甲武器。

⑬"萨拉托加号"航母是美军南太平洋舰队的旗舰,于 1942

年7月底从斐济岛出发,执行瓜岛登陆作战。

⑭野马式战斗机是美军"二战"后期至朝鲜战争中普遍使用的作战飞机,作为一款螺旋桨战机,它有着非常优秀的低空攻击能力,美军经常在十几米的高度向地面发起投弹和扫射。

⑮"莫辛纳甘"是沙俄时代研制的一款步枪,因其制作简单、射击精度较高、威力大等特点而获得广泛的应用,但由于其粗糙笨重被苏联军队所淘汰,朝鲜战争中曾被中国人民志愿军大量装备。

⑯西部野云雀是怀俄明州的标志鸟类,也是州鸟。

一

步兵怕炮,尤其是大口径重炮。中午的时候四连的人刚从壕沟里蹦出去,没跑几步,对面的炮弹就砸了过来。都是老兵,警惕性比耗子还高,一听动静不对,立马四散了各找栖身之所。

连日的互殴,阵地上到处都是弹坑,有我方60毫米迫击炮和92式步兵炮①打出来的,或深或浅,能猫下一两人。其他绝大多数都是敌人的155毫米重型榴弹炮砸成的,五六米宽一两米深,足能装下辆卡车,人掉进去都不好爬上来。曾有战士戏言,要是两发炮都落一个坑里,保准能打出一眼井。不过这种情况极为罕见,大炮精度低,落点差个十几米稀松平常,于是阵地上缺水成了必然。

负责给连队打水的兵名叫许春,广西贺州人,黑瘦且矮,但是劲儿大耐力足,一人一趟能拎两个25升的水桶,还不算脖子上挂着的七八个水壶,每天跑上四五个来回,去到三公里外的小河沟里打水。

这显然是一串惊人的数字,尤其是对于一个身高仅有一米六的19岁士兵来说。因此战士许春不止一次做过同样的梦,梦见自己像哪吒一样长出来三头六臂,然后就能拎六个水桶,挂二十来个水壶。然后只需去一两次，每天还能剩下大把的闲暇时光去观摩作战。然后就有望从炊事班里被提出来，当一个真正的兵，哪怕当个机枪副手也好，嗒嗒嗒……再然后梦就醒了。

梦醒之后梦却还在，他去找连长提出申诉，理由是打水任务影响身体发育。许春说："老连，我还没二十，还没娶媳妇，还在长身体，要是天天只能打水真的很不好，你看我这两条胳膊越来越长了，就像话本里的刘玄德，快要双手过膝啦！"

连长姓连名福虎，老家在河北易县，叫"连连长"不那么顺口，干脆自称"老连"，1939 年进的游击队开始打日本，打完日本打国民党，当完八路当解放军，算起来也是十年挂零儿的老枪，其实也才 27 岁。不过扛过枪的人都懂得这么一个道理，一场恶仗下来少说长两岁，要是这样算的话，他恐怕早过百了。

老连瞪着许春的胳膊，严肃地点点头说："确实有点儿长了，不过也是好事你知道吗？"

许春吃惊地问："好事？你倒是说说看！"

老连翻起白眼想了一下答："老话不是说了嘛，一寸长来一寸强，以后等你扔手榴弹的时候，肯定全连数你扔得最远，你说对不？"

许春轻蔑地看看左右说："我现在就能扔得最远，你信不？"

老连不敢接茬儿，转移话题说："其实胳膊长的好处还有一个，哼，等你娶了媳妇就知道了。"

许春根本不信面前这名老光棍的言辞，不过仍碍于情面问："又能知道哪个？"

老连神秘地讲："我告诉你吧，不管将来你媳妇多胖你都能抱住她！"

许春迅速在大脑里设想了一下,假如一个女人的腰有两个25升水桶那么粗,那还是女人吗……忽瞥见指导员匆匆走来,他怕耽误了这次会谈的中心思想,就急忙逼问:"那你到底哪个时候才让我去扔手榴弹？"

老连眯缝着眼说:"等你胳膊再长些,拎水的时候桶底磕着地皮了再说吧。"

许春有些恼:"老连你——"

"你什么你？"老连恶狠狠道,"赶紧给老子滚蛋！"

许春"哼"了一声拔腿就走。

指导员丁捷走近,瞅着耷拉着两条细长胳膊的落魄背影笑问:"这个小广西是不是又闹情绪了？"

老连叹息道:"人家不想打水了,想打仗！"

丁捷意味深长地呱吧着牙花子说:"唉！想打仗还不容易嘛,我估计过不了多久了。"

老连点头说:"是哎,我不就是舍不得这小子嘛,你说咱们全连上下一百来号人,除了你们仨就他还有点儿墨水了,这万一把他摆到前面去再咣叽一炮拍死在那儿,多他妈不值？"

丁捷示意老连往阵地后面去,边走边低声说:"我听团部的人念叨,一连退下来的时候就剩下不到30人了,还全带伤,连炊事班都打光了……"

老连立刻小心翼翼地问:"老蒋呢？"

丁捷不情愿道:"老蒋在,就是被崩掉半张脸,后来卫生员用条毛巾给他塞上了,要不舌头总是出来。"

老连眉头松散开,嘿嘿笑道:"人在就好,反正他也不要脸,来,给我带烟了不?你这趟团部不会白去对吧?"

丁捷呵呵笑,从一左一右衣袋里拽出两包烟拍到对方手上说:"'大上海''白锡包'都归你!政委给的。"

老连立刻发出一声欢呼,毛手毛脚地掖起一包又拆开一包,像是哺乳期的孩子抓住了奶头。

两人来到后山坡的一棵松树旁,并肩坐下。时值初冬,风从山脊往下刮,草木森然,飒飒作响。

老连眯缝着眼,细细享用着指间的香烟,他知道对方一定有特别的事情要说。

丁捷看了片刻远山,才说:"一连基本被打光了,现在是让二连往上填,三连做后备,照这个架势,依我看用不了两三天咱们就得被拉上去了,老连你要做好心理准备啊!"

老连在风中抖落烟灰,笑道:"打仗嘛,就是拿人命去填的,这还用你说?"

丁捷摇脑袋:"仗和仗可不一样,关键看你要和谁打。"

老连好奇地问:"怎么着?难不成比济南还难啃?你可别忘了两年前咱俩是怎么挺过来的!敌人不是也有飞机坦克嘛!"

丁捷点点头说:"打济南确实不易,当时咱们连干光了一半人马,我现在只要一走神儿就能想起咱们那支爆破队来呢,24个人啊!24个大小伙子不到半个钟头就全砸进去了!要不是二杠那会儿发了疯,敢扛着拉着烟的炸药包往前冲,不定还要砸进去多少人呢!"

老连嘿嘿笑道:"二杠那股子劲儿一般人还真没有!虽说咱

们这帮弟兄没一个怕死的，可像他那样长了个玩命脑袋的，独一份！哎你说，二杠他算不算是个愣头青啊？"

丁捷却继续着自己的话题："眼下咱们要碰的是比王耀武的 96 军②还难缠的对手，老连你可能不知道，一连在高地上硬扛了两天，什么枪子炮弹都尝过了，可就没尝过一样东西……"

"啥？"

"凝固汽油弹③！"

"凝固汽油弹？放火的玩意儿吧？"

"对！但不是一般的火。"

老连好奇地问："难不成是太乙真人的三昧真火？"

丁捷面色凝重道："这是美军的一样邪门炸弹，专门对付集群步兵的，尤其是阵地战，据说一颗扔下来就能把方圆几十米的地方烧焦，那种汽油汤子哪怕飞溅到身上一点儿，就会一直烧下去，直烧到骨头为止，而且根本扑不灭，你说邪门不邪门？"

老连心里暗暗吃惊，嘴上依旧不以为意道："那就让它烧呗！烤烤火还暖和点儿，总比冻死好受对吧？"

丁捷没脾气地说："连福虎同志！你别这么轻敌行不行啊？"

老连丢掉烟头，立正敬礼："是！我的指导员同志！"

丁捷也站起来，拍了拍屁股上的土说："得了吧你！不过老连你说得也对，这天气是越来越冷了，咱们是该考虑一下战士们的冻伤问题了，我听说二排长李疯子一觉醒来发现脚指头冻掉了好几个，这怎么行啊！这还没跟敌人拼刺刀呢，就先跑不动了。"

老连却坏笑道："老丁啊这你可就想错了，李疯子早跟我说了,少了脚指头他也照样跑,而且他还正愁怎么穿那双美式靴子呢!你说他傻不傻啊,从死人脚丫子上扒下来的时候就不看看号大号小?自己脚大穿不进去还不舍得给别人,一天到晚挂在脖子上也不嫌晦气,这回妥了,老天爷帮上大忙了,让他小子有皮鞋穿了!"

丁捷苦笑道:"老连啊老连,政委还说你有革命乐观主义精神,我看你这不是乐观主义,你这是没心没肺!算了,我还是到前面看看大林他们去吧!"

老连追问:"你看那个王八蛋去干吗?他让我关禁闭可是罪有应得啊!"

丁捷回头道:"老连啊你说你,我还是头一次听说在阵地上也能关禁闭的!"

老连紧抢两步叮嘱:"哎,老丁——你去前边可得留神啊!这两天对面来了个放冷枪的,昨天你不在的时候把咱们一个新兵蛋子给干了!"

丁捷一怔,问:"你说的谁?"

老连答:"就是跟许春一块儿来的那个,我也忘了大名叫啥了,瘦不拉叽老家是山东临沂的那个。"

丁捷一跺脚:"孙年顺!那小子是个好苗子,可惜了!"

老连咧咧嘴:"嗯,是他,不过也赖他小子缺心眼儿,在战壕里瞎蹦跶,估计是腿冻麻了,结果才蹦了那么几下就让人给开了瓢,哎,你说那个放冷枪的也真够可以的啊,要说枪法是一等一了,怎么咱们这边就没这样的人哪?"

丁捷沉着脸,欲言又止,摆摆手走开了。

望着指导员渐渐走远的背影,老连心里盘算,这个老丁,全团唯一的大学生,据说还会外国话,好好的团部参谋不干,非要下连队,一待就是三年,还死赖着不走,不抽烟、不喝酒、不聊娘儿们,整天就乐意跟下面的唠家常,要说人是好人,打仗半点儿不孬种,可总琢磨着有哪点儿不对劲,那帮当兵的见了我都是贼眉鼠眼地胡说八道,可一瞅见他,都他妈装得跟文明人似的,说话毕恭毕敬还咬文嚼字,你说这算什么事啊!打仗拼的就是血就是命就是铁,腻腻乎乎的算什么啊?

念及此处,老连放开音量对自己说:"幸亏有我老连在,要不然战斗力全没了!幸亏啊幸亏!"

注释:

①92 式步兵炮是日本于 20 世纪 30 年代推出的一款步兵武器,因其结构简单便于运输,非常适合山地作战,尤其适合机械化极低的军队。志愿军曾大量装备使用,是营连级战斗单位为数不多的可选重火器。

②1948 年 7 月解放军发动济南战役,王耀武作为国民党军山东最高指挥官坚守济南,战斗激烈。此次战役是我军转向攻取坚固设防中心城市的起点,并由此揭开了战略大决战的序幕。

③凝固汽油弹是美军使用的一种反人道的燃烧类武器,以胶状汽油为主要成分,具备飞溅、附着效果,极难扑灭,爆炸可产生近 2000 摄氏度的高温和近 2000 平方米的火场,对密集人群极具杀伤力。

二

丁捷猫着腰绕过几条交通壕，逢人便问石春林的所在，战士们见着他都很亲热，东问西问，打听未来战事，却没有一个人知道老连制定的临时"禁闭室"在哪儿。又转悠了几圈，忍不住高声呼喊："石春林——大林！"

就听不远处有人用大嗓门回应："到！我在这儿呢指导员！"

丁捷闻声找过去，这才发现在一个炮弹坑里蹲着的石春林。

石春林是河北沧州人，生得粗壮，肩膀厚得像汽车轮胎，个子也大，足有一米九，是全连"海拔"最高的家伙。由于肤色特白，头发还是自来卷，乍一看很像个俄国人。打杞县^①的时候，石春林曾带领一个班的士兵负责镇守连队侧翼，抵挡着一波又一波疯狂的进攻，后来实在憋屈坏了，看了看敌我犬牙交错的战线，当机立断发起反冲锋。他端着一挺轻机枪开路，冒着脑门子上横飞的手榴弹，带着人嚷嚷着展开逆袭，什么叫枪林弹雨？这就是！跑到最后发现自己那八个兵全没跟上来，还撵上了一个同样端轻机枪的国民党尿兵，就顺手夺了，于是等他杀回来的时候，所有战士都目瞪口呆地看到一个手持双机枪扫射的彪形大汉,在敌群里反复冲杀,来去自由且毫发无损,这不是赵子龙还能是谁啊?连福虎自然也看在眼里,正是由于石春林这个班打乱了敌人的进攻部署,扭转了全连被动局面,因此战斗结束便提拔他当火器排排长,希望以后能做自己的副手。只可惜石春林对玩炮始终兴致不高,总认为不如冲锋陷阵过瘾,所以火器排排长当是当了,却动不动就往前面凑合,恨不得端着迫击炮和敌人拼刺刀。如果说全连上下谁最得老连的宠,那当然是石春林,不仅因为他有勇有谋,而且两人还算河北老乡,性子能使到一块儿去,但是没事就被剋的最佳人选同样是他。

丁捷对石春林被关禁闭的事儿没啥好奇,可是总该象征性地打听一下,于是笑呵呵地问:"大林,这回又是怎么个情况?"

石春林没脾气地回答:"报告指导员,我违反了纪律。"

丁捷觉得自己居高临下的角度不大适宜,而且也不安全,于是两腿一并出溜到坑里,坐在对面问:"那你说说。"

石春林垂头丧气道:"其实我是好心,可连长不领情啊!前天营部调离,把咱们摆在这儿和敌人周旋,这也没啥,可我一想不行,咱们是营变成连,对面呢是连变成营,这实力变化悬殊了啊——指导员我这个'悬殊'没用错吧?"

丁捷笑笑,觉得眼前这个像石狮子一样的家伙其实身体里住着的却是一只小羊羔。

石春林继续说:"这一悬殊了我就开始琢磨,万一敌人打过来咋办?指导员我可不是怕啊,我啥也不怕就怕咱连受损失,而且你看,就咱们守的这块儿地界,说是高地,其实一点儿也不高,就是一个大斜坡,别说坦克能直接开上来,我看就连大炮都能往上推！这怎么行？所以我就一琢磨，干脆想法儿把营里的那门炮留下来得了……"

丁捷吃惊地问："啥？你说啥？你小子干啥了啊？"

石春林反倒矜持了，腼腆地一笑说："也没干啥，就是把枪炮连里的那门92式步兵炮留下了，反正他们也推不走。"

丁捷感觉事态严重了，伸手进兜里摸了摸，啥都没摸出来，索性使劲拍了大腿一把。

石春林安慰道："指导员你别担心，我这事儿做得滴水不漏，别说营里不知道，咱连里也就老连和你知道，嘿嘿嘿。"

丁捷苦笑道："老连把你关禁闭看来真是半点儿都不冤啊！说说你是怎么干的好事吧！"

石春林摘掉军帽，用手抓了抓满头的卷毛，忽然显得扬扬得意起来，说："我啊偷着摸着把那门炮的轮子给搞断了轴，就一边儿，不过嘛，缺一边儿他们也推不走啦！怎么说也是四百多斤的大家伙，然后老连过去找营长一说，炮就给咱留下了！"

丁捷哑然失笑道："大林啊大林，你可真是聪明到家了！你是不是觉得人家根本不会怀疑是咱们干的好事啊？人家就算再傻也能想明白这是怎么回事！我看这回是老连替你背了黑锅了，你小子还自鸣得意呢！"

石春林好奇地问："指导员，自啥得意你说？"

丁捷懒得解释，反问道："炮是赖下来了，那轮子咋办？少一边儿咱怎么使？"

石春林几乎要笑出声来，咳嗽一声才说："这个你别担心啊指导员，我跟二杠去试过了，找个铁锹把儿当销钉，硬推也能推

24

得动! 而且我跟你说,营里一准儿不会怀疑是咱,因为那天正赶上美国佬飞机投弹,枪炮连的人都躲防炮洞里去了,我才得机会下手,他们还以为是让飞机炸的呢,嘿嘿嘿……"

丁捷决定撇下这个话题,于是说:"大林,我过来找你不是想保你出去,我是有事要交代给你。"

石春林瞬间严肃起来,问道:"啥事啊?"

丁捷琢磨了一下措辞才说:"嗯……大林,我想让你帮我写个信。"

石春林吃惊道:"写信?! 不对吧,指导员你说反了吧? 我哪有那个手艺啊! 全连上下就数你最有文化,谁写信第一个都想先找你,你要是让我帮你卖卖力气还差不多……啊! 我知道了,行吧。"

丁捷暗暗庆幸石春林还没傻到极致,尚具备察言观色的能力,否则非得继续尴尬下去,于是诚恳地点点头,迟疑了一下才从口袋里摸出一封信来,交代说:"信我替你写好了,这个,你帮我发出去吧。"

石春林伸手接过去,扭脸看向别处说:"行喽,等我禁闭完了就发走。"

丁捷想了一下,觉得再待下去实在不知道说些什么了,索性长出一口气说:"那行,那我先走,你……好好思想改造。"

送走指导员,石春林重新坐下,把那封信从怀里取出,打量着信皮儿。他是认识几个字的人,更何况这上面的收信人正是他的姐姐,只不过落款是自己的名字,没有人会怀疑这是一封普通的家书。

他端详了好半天，觉得指导员写的字真是越看越好看，横平竖直，那一笔一画特别有劲儿，还秀气。石春林觉得，这字就跟人似的。他替姐姐感到幸福，同时也为将来能跟指导员做一家人异常憧憬。关于打仗总会死人的这件事，也想过，可是见得多了反倒不怎么担心，他深知有些人特别适应战争环境，不只是因为个人素养好，也不是命大，更无关身份，好像他们纯是来参战的，有始有终，既是见证者又是过客，就算负伤也能痊愈，就算重创也能化险为夷，更别提某些人从头到尾都会毫发无损，如同阵地上的石头一样根本碎不了，顶多被崩掉一点儿渣渣。这便是人们常说的身经百战的老兵。

石春林小心地把信重新揣进怀里，觉得胸口热乎乎的，信也沉甸甸的。

两年之后，这封信才几经辗转送到了一名叫石春玲的护士手中。信很长，却没有任何关乎情与爱的内容，一个字都没有。丁捷用娟秀的楷书隽永地描绘了他在朝鲜的日日夜夜，未曾透露出半点儿磨难和饥寒，只不过在末尾的时候略带复杂的心态说：若我能归，望你不弃。

这位长着栗色头发和深眼窝的姑娘②，在反复阅读且欢欣流泪之际，并不知道那个年轻的军官已经战死。

丁捷好不容易才来到了前哨阵地。说是阵地，其实就是几个炮弹砸出来的散兵坑，战士们把坑与坑之间挖出沟槽以便交通，但是天寒地冻挖不了多深，只能蹲着走。丁捷正蹲着走，迎面碰上了通信员兼传令兵夏满豆。

在"少壮派"的士兵中，夏满豆算是长者了，今年已满 20 岁，而且个头较高，每逢站到许春这样的新人面前，总能自带出几分庄重来。他是陕西榆林人，据说还算个小富农，脖子上总挂着一个很大的铜铃铛，老远就能听见是他在移动。关于这只铃铛，夏满豆曾吹嘘了几个版本，可没什么人信，普遍认为那是他跟一头毛驴搏斗之后的战利品。毕竟农家子弟居多，谁还不明白此间道理啊，但凡家里曾有过大型牲口的也不会把牛铃铛套在人脖子上。用现代人可以理解的方式说，就好比你家里有汽车，也绝不会把牌照天天挂在自己屁股上一样。

夏满豆见到指导员立刻就笑了，问："指导员你回来啦！是不是团里下来命令了？"

丁捷并不隐瞒，答道："暂时还没有，让咱们待命。"

夏满豆嘀咕："哦，还没有啊，待命好。"

丁捷又补充说："要根据敌情变化才能决定嘛，不过我估计——快了。"

夏满豆使劲点头："对对，要根据敌情变化，快了好！"

丁捷随口问："豆子你跑这儿干吗来了？"

夏满豆讲："是老连让我过来的，要全连传话，说是为了防备美国佬扔燃烧弹，让大伙儿都分散着点儿，两人之间最少保持 50 米的距离。"

丁捷心里一热，点头说："连长说得对！"

注释:

①1948 年 6 月末，华东野战军第 10 纵队与国民党邱清泉部新 5 军在杞县东南桃林岗展开阻击战，双方反复争夺，战斗异常胶着。关键阶段，华野总指挥粟裕直接打电话给团级指挥员下达死命令，这是极其罕见的行为，可见战事之重要和惨烈。

②南北朝时期北方的羯族曾在河北建立后赵政权，一般认为他们属于远东的叶尼塞语系，是我国中原地区仅有的白种人，经历"灭胡"战争后，其族群基本消亡，少量后裔流落在河北、山西。

三

夏满豆也点头说:"对,连长说得对!不过指导员,美国佬的燃烧弹有那么厉害吗?至于躲那么远吗?"

丁捷语重心长地讲:"肯定厉害啊,要不然连长怎么会全连下通知?你想咱们连长怕过谁呀,阎王老子见了他都得敬根烟,你说是吧?"

夏满豆嘻嘻笑道:"指导员你说得就是对!不过我觉得吧,老连还是有怕的人。"

丁捷问:"谁呀?"

夏满豆被自己还没说出的答案逗得直哆嗦,气喘吁吁道:"他啊,他怕,他怕团长!我是想说,要是美国佬把团长用飞机给扔下来,老连肯定吓挺了!保准没地儿藏也没地儿躲!"

丁捷也笑:"都说你是臭豆子一个,你还真是,瞅把你乐的!行了行了,你接着传令去吧!"

两人挺费力地错开身体,各自向前挪去。挪了几步,夏满豆回头又说:"指导员,我又想起个笑话来,等下回我再跟你细说啊!"

丁捷使劲挥手,像在稀释一个臭屁。其实他挺喜欢这个小传令兵，别看夏满豆是个孤儿，15岁就跟着部队南征北战的，见惯了血肉横飞生离死别，可内心里始终是个孩子，一给好脸就敢起腻，没皮没脸没羞没臊，按理说比许春还年长呢，可总也长不大，这种人也算万里挑一，哪怕到了七老八十满脸皱纹也会嘎嘎笑个没完，自己逗自己。

他又往前挪了几步，就听一个坑里传来瓮声瓮气的骂声："妈个巴子的！老子不怕扔炸弹！老子就怕没人唠嗑！"

丁捷仰起脖子吆喝："李疯子——我来跟你唠嗑了！"

那边立刻安静了，几秒钟之后传来柔和的反问："是指导员吗？"

丁捷出现在坑道口，望着寂寞如斯的李疯子问："你没人说话还真能憋死啊？"

李疯子粲然一笑道："指导员，我一听就是你！进来进来，咱俩好好唠唠！"

李疯子本名李丰泽，大伙儿喊他李疯子不只是谐音，还因为他的坏脾气，霹雳火的性子沾火就着，急了连老连都敢骂。作为二排长，他最瞧不上的人就是一排长冯二杠，二杠虽然勇猛，但是沉默寡言，和自己不对路，说上半天对方连个屁都不放，何止是扫兴，那简直就是侮辱，为此李疯子对二杠的公开评价就是哑巴加愣头青，不过后者得知后并不理会，这就越发激怒了始作俑者，如同一根火把丢进了井里，连个浪花都没有。再往后，连里开会的时候李疯子绝不会坐到二杠旁边，更不会坐到对面，没留神撞上了，他也二话不说扭头就走。对于一个梦里都爱说话的人，实在无法忍受如此异类，李疯子曾不止一次地幻想,那个哑巴要是敌人就好了,这样的话就可以用机关枪和他唠嗑,一边扫他一边质问:我叫你不说话我叫你不说话!

丁捷在兜里翻了翻,才想起那两包烟全给老连了,只得摊开双手说:"啥都没给你带呀。"

李疯子摆摆手道:"指导员你还跟我客气个啥,客气就等于见外,咱俩谁跟谁,千万可不能见外,我知道你是寻思给我整包烟过来,对吧?没事儿咱不稀罕这个,咱就稀罕有个能唠嗑的。"

丁捷故作惊讶地问:"哟,全连都知道你跟老连是两杆大烟枪,怎么今天又说不稀罕了?"

李疯子龇牙一乐,从兜里嗖地拽出一盒烟来在对方眼前晃了晃,扬扬得意道:"不是不稀罕,是咱有!指导员你看,美国佬的'骆驼牌'我都整来了!这烟是真不赖,有劲儿还不呛嗓子,指导员要不你也来根尝尝?"

丁捷摆手说:"拉倒吧,我又没这个瘾,还是给你省省吧!对了,你这烟是怎么来的?"

李疯子笑容灿烂道:"这又有何难?谁让咱是前哨呢,在最前面就有最前面的好处!不瞒你说吧指导员,我昨儿个过去摸哨啦,这一摸啊就摸到了这个!"

丁捷吃惊地问:"摸哨?谁让你去的?连长知道不?"

李疯子傻了一下,赶紧解释:"摸哨的活儿又不违反条例,老连知道了也没事,你说是吧指导员?嘿嘿,对了指导员,你从团部回来有啥消息不?"

丁捷严肃道:"你先别打岔!我就问你为啥去摸哨?"

李疯子见躲不过了,索性摊牌说:"也不是我非要去,是对面狗日的太招摇太不拿咱们当一回事了！隔一会儿就朝咱们这边放几枪，隔一会儿就朝咱们这边放几枪，整宿的招呼啊，不让人睡觉，我身边又没个唠嗑的，放哨的又不敢跟我唠，再没个烟抽可把我给憋坏了，所以我呀就过去了，摸到一个出来撒尿的，我上去一刀干翻了，然后拖到背静地儿这么一划拉，哈哈，还真让我给划拉到了！"

丁捷瞅着对方那被烟草熏得焦黄的大板牙，气就不打一处来，他劈手把那包烟夺了过来，低声斥责道："李丰泽啊，你身为排长，手底下三十多号弟兄呢，你怎么就不知道以身作则呢？如果下面的战士们都跟你学，动不动就自己执行任务去了，你还管得了谁？虽然咱们队伍是提倡主动出击，可也得有章法啊！你这万一出了意外，这前哨阵地谁负责？前哨阵地要是没了，后面那百十来口子咋办？再者说你李丰泽也是老兵了，从北到南的仗可没少打，又不是新兵蛋子不懂事，纪律责任啥的按理不用我跟你说了，对吧？你别以为现在咱们对战的是美军，你图一新鲜就管不住自己了，你给我记住，只要是扛枪上阵就得服从纪律，脑子里始终得多根弦！而且你这轻敌思想真是要不得，你别以为美国佬都娇气都怕死，日本鬼子厉害不？不照样被美国佬打得满地找牙？咱们现在是还没跟他们正面碰呢，真要碰起来不定多难啃！我今天把话放在这儿了，只此一次，下次再让我知道，一准儿给你汇报上去，你就得在全连面前做检查！这烟——我没收了！"

李疯子蔫了，委顿道："是，指导员我知错了，我……知错就改。"

丁捷低头瞅着对方的脚,忽然想起了什么,就问:"这双靴子能穿了?"

李疯子满脸惭愧道:"能了。"

丁捷又问:"你东北来的居然还能把脚丫子冻掉?"

李疯子讪讪地说:"是啊,我也不知道咋整的,一宿的工夫,脚指头全没了。"

丁捷心疼部下,却仍要板着脸讲:"还是你自己不仔细,我看有的战士就懂得保护好自己,知道找个布片包上点儿干草裹在脚上,咱们打仗不在乎好看不好看了,顶用就行,你这一天到晚的光顾嘴头上痛快,也该顾顾下面了,要是把脚丫子全冻掉了,就剩下两根棍儿,你不成了踩高跷的了?"

李疯子憋不住闷头笑了一下,见指导员要走,急忙从怀里拽出一条围巾来说:"指导员你等等,这个给你,羊毛的,也是我昨儿个摸来的,我看还算干净,就给你留着呢。"

丁捷接过去看了看,围在脖子上,立刻感觉到了对方的体温,于是说:"还不赖嘛!你给我我可就要了。"

李疯子挺高兴,又不敢造次,毕竟刚挨了剋还得保持一下气氛,就悄没声地跟在指导员后面。

丁捷来到坑道口,回头说:"行了你就别送了,这又不是来家里串门,还有啊李丰泽,你没人唠嗑也别老是一个人在这儿瞎咋呼,你乱嚷嚷也会影响到其他战士的情绪是不是?实在憋不住你就唱个歌儿啥的也行啊!"

李疯子连连应允。

丁捷从头到脚又打量了一遍自己的部下,这个来自嫩江畔的魁梧老兵站在寒风里显得很是滑稽,脑袋套着美军的羊毛帽子,上面压着军帽,脸上溅的枪油和泥土已经凝结成一块块的污垢,搞得五官都混乱了,脖子上挂着支汤普森冲锋枪①,估计也是昨天摸来的,一身薄棉衣上面全是土,袖口裤口都用线绳勒住,似乎很保温,脚蹬一双八成新的美式军靴,其中一只还没鞋带,用手榴弹的拉绳勉强系住两端的扣眼,如果不是站在这样一个堆砌着弹药箱的坑道里,再没有那支上着刺刀的步枪,很难相信他是一个正规军战士。丁捷欲言又止,从兜里掏出那盒骆驼牌香烟轻飘飘地丢了过去。

离开前哨阵地,丁捷不免感慨,李疯子如果不是被冻掉了脚指头,能会去冒死摸哨吗?人要不是被逼急了肯定不会发疯。自从部队入朝作战以来,就没给战士们配发合适的冬装,还是"渡江战役"那时候的单衣单裤外加一身夹棉袄,这是无论如何也扛不住夜间零下40摄氏度的低温啊②!听说后勤部队确实在往前线送,可一百多辆卡车被美国飞机炸掉了八成还多,战线是越拉越长,根本运不上来,这就好比用绳子往悬崖下面顺人,绳子放得越长,底下的人就越危险,而上面拽绳子的也会越发容易失控。

丁捷有一种非常不好的预感,自己的士兵们正一步步朝着凶险滑落却又束手无策。就眼下来说,阵地后面的还好,能在防炮洞里点堆火啥的取取暖,前哨是严禁烟火的,全靠那条薄被御寒,捂住脑袋就盖不了脚丫子,李疯子被冻掉脚趾绝不是个案,只是有的人自个儿忍着不说罢了。长此以往,整个连队的战斗力就会大打折扣,你别看战士们的士气都挺高,一个个嬉皮笑脸的,那还不是靠年轻硬撑吗？等以后仗打完了,都得回家,做工的务农的哪个能缺了手脚呢？

注释:

①汤普森冲锋枪是美国"二战"和朝鲜战争期间大量使用的轻武器,口径大、射速快,使之成为一款威力十足的近战枪械,一般的巡逻队或者突击队都会装备。

②九兵团是由浙江、福建调往朝鲜的,士兵配给的是单衣和胶鞋,冬装也仅为夹棉服。列车过丹东车站时,有兄弟部队纷纷脱下棉衣塞进车窗,但数量极为有限。时逢朝鲜50年不遇的严寒天气,仅在长津湖地区,志愿军就被冻死四千余人,冻伤三万余人,而因战斗死亡者近两万。九兵团的三个连队因潜伏需要,整建制被冻死在阵地上,人称"冰雕连",惨况可想而知。多年之后,曾任九兵团司令员的宋时轮将军念及此事痛心疾首,挥泪不已。

四

他越想心里越堵得慌,脚步就迈得急匆,险些和一个斜侧里过来的家伙撞个满怀。定睛一看,两人都愣了,原来正是连福虎。

老连说:"老丁,瞅你急火火的,这是要奔哪儿去啊?"

丁捷道:"你来得正好,我正要找你呢!"

老连审视着自己的老搭档,估计出了一二分,就点头说:"那好,那你稍等我一会儿,我去去就来。"

丁捷打听道:"你上哪儿去?"

老连答:"我去找二杠,让他把那门炮给我支起来。"

丁捷纳闷地问:"支炮?"

老连诡秘地一笑说:"对啊,我让他把炮支到前哨阵地去,那儿离敌人近,说不定能轰他们几下,凭啥让他们天天轰咱们啊?既然硬家伙到手了,总不能摆着当洋片儿看吧?"

丁捷不知道对方卖的什么药,可瞧这架势应该是个奇谋,连里的火器排就三门 60 毫米迫击炮,炮弹小得跟土豆似的,打得既不远又没啥威力,也就比手榴弹强点儿,充其量能当作防御武器使用,眼下通过石春林的下作手段搞了一门正经火炮,很多人心痒难耐在所难免，而且据说这种92式步兵炮能打坦克①，一旦拉出来，多少也让战士们添点儿主心骨。念及此处，他说："打仗的事儿你决定，不过你让大林这个火器排排长怎么想？干听动静？"

老连见指导员眼睛里泛着光泽，就知道他啥都知道了，想借机说情，于是赶紧堵嘴道："对！我就是让那小子干听动静，禁闭给我接着关，这一码说一码！"

丁捷一笑："那行，你先去吧，待会儿咱们俩上后面接着聊。"

老连却说："待会儿要开个扩大会呢，我已经让臭豆子通知人去了。"

丁捷"哦"了一声，暗想：看来这是要搞战前动员了。

会议室设在一个大些的防炮洞里，丁捷赶到的时候，只有炊事班班长蔡老苗坐在里面，正在专心致志地抠脚。老苗的脚上全是冻疮，一边抠一边龇牙咧嘴。

丁捷忙过去观看，发问："老苗你的脚也这么严重？"

蔡老苗见指导员来了，赶紧把鞋袜穿好，拍打了几下膝盖说："指导员啊我这是老毛病了，不管在哪儿，一到冬天就犯，我跟别人的情况不一样。"

丁捷点头，目光落在对方的手上，那双手也全是冻疮，关节上都是深深的口子，露着红肉白骨，心里就是一酸，便说："老苗我把手套给你戴着吧！"

蔡老苗急忙阻拦："别别别！指导员你甭给我，我用不上，戴着手套没法干活儿了不是？"

丁捷轻轻叹了口气说："那就等咱们缴获了敌人的物资，我给你留意找点儿凡士林来，老这样下去你这手可就废了。"

蔡老苗却不以为意道："其实也没那么严重啊，我这手一到开春就能全长好了，也赖我总离不开热乎地方，做饭的时候把手脚全烤透了，这血脉一通反倒更糟了，还不如一直冻着呢！指导员你看有的人把脚指头冻掉了，其实没觉得疼，可一旦暖和过来，那能把人疼死！"

丁捷点点头，替所有人难过，既希望寒冬早点儿过去，又怕春天忽然到来，就凭连里那点儿消炎药哪能包治百病？尤其像蔡老苗这样年龄偏大的，察哈尔的老家别提多穷了，不光父母在，还一窝孩子呢，身子坏了以后可怎么谋生养家？

蔡老苗见指导员面色阴沉，不免安慰道："指导员啊你别担心，我看这仗打不了多久，临来的时候我找老马一块儿看过地图呢，就朝鲜这样的地方给咱们打，我看用不到开春就能把他们赶大海里去！就凭咱们宋司令足够了，更别说上面还有彭总呢，你说是不？"

丁捷瞅了瞅部下说："大伙儿也都是这么说呢，不过咱们在战术上却不能轻视敌人，仗嘛，总归要靠一枪一枪打出来……"

正说着，三排长姜宝臣和司务长马治国并肩走了进来，齐声和指导员打招呼。这二位是同乡，都是徐州人，也都是部队南下的时候投诚过来的②，别看是半路出家，可全是苦出身，没旧军队里的那些臭毛病，作风硬朗、正派，一看就知道是职业军人。

姜宝臣之前当过国民党军的中校，是个营副，带兵打仗是把好手,投过来之后让他当班长,本是折辱试探,结果人家二话没说拉上几个降兵就上了阵,夺下一个暗堡还缴获两挺重机枪,团长一听当即拍板要给他官复原职,不料姜宝臣没同意,他说还是多考验几年吧,要是经得起考验,他想加入共产党。之所以能分到四连,完全是老连的极力保举,还自称伯乐,会相千里马,跟营长软磨硬泡把人留下。姜宝臣也觉得连福虎乃性情中人,好交,愿意跟他干,但是提出一个条件来,就是要把老马一块儿带上。

老马以前也是管军需的,是个尉官,投诚的时候上交了仓库钥匙和一本物资清单,东西一件不缺,钱粮一样不少,好像专等着解放军来接收。这个人别看没读过几年书,可脑子很是灵光,几百几千的数目一加一减的,他张嘴就能算出来,到了四连之后,但凡老连询问连里家底儿的时候,马治国都能准确说出明细,而且估算出未来消耗。这等于买一送一,连福虎觉得特别值,每回碰见一连的老蒋和三连的老常这两个老对头,总会炫耀一番,等到对方摆出无所谓的样子,又会嘲笑他们心里犯酸。

可毕竟这二位是"有段历史"的,于是都很低调谦卑,人太出色了往往会招来别的问题,所以平常很少见到他们和人谈笑,倒是独自发呆的时候比较多。今天听说要开扩大会,自然快步赶到,随后找了个最不起眼的位置双双坐下。

丁捷打过招呼,有意和他们说上几句,可人到得越来越多了,也就作罢。

依照连福虎的命令,各个排长、排副、班长、班副都得过来,而且不单是指挥员,还包括全部有职务的人也一并参与,当然关禁闭的要排除在外。除此,李疯子因为把守前哨没有来,二杠因为"支炮"的特殊使命也缺席。

丁捷起身清点了一下人数,基本到齐,就差主帅了,于是决定先讲两句。他打了个安静的手势才说:"同志们,今天是连长召集的会,趁连长还没到,我就先说说,我说两件事啊,头一个,就是要有防寒的使命感和紧迫感,刚才我去看二排长李丰泽了,他那脚丫子已经冻坏了,如果全连再这么冻下去的话,那么非战斗减员的情况会越来越严重,所以大家要当大事去抓!当大仗去打!谁有什么好法子就说出来,能执行的咱就推广。再说第二个事,那就是要做好防空防爆的准备,想必连长已经通知下去了,我这里还是要再重申一下,大家一定要严格执行,让战士们别扎堆儿!别最后连敌人的面还没照呢,就先自损一半啊!"

连部文书王合果忽然插话说:"指导员,头一件事你说得没错,确实要有防寒的措施,可这第二件事我怎么听着不那么对头呢?你们说这美国佬的飞机没事就过来扔俩炸弹,可也没见着咋样啊!除了让咱们的几名战士挂了点儿皮外伤,外加损失了几箱子弹药就没别的啦!大家说是不是?怎么可能自损一半啊!"

一排副陈景文等人也随声附和:"是啊,就是嘛!"

"指导员我要求发言!"丁捷还没解释,就听姜宝臣忽然说话了,他的声音不高,可能由于平时基本不怎么表态,所以刚一开口就让很多人停止了叽叽喳喳,一起把目光投射过去。

姜宝臣腰板笔直表情中肯地说:"我认为指导员没说错,敌人目前的飞机只是试探性攻击,更主要的是侦察咱们,所以还没造成多大的损失,可一旦正面杠上了,那就不是一架两架的问题,也不是一颗两颗炸弹的事了,据我所知,美军的一个营级单位就有呼叫空中支援的权力,而摆在咱们面前的恰恰就是一个营,而且美军的航空炸弹有多种多样,大的能达到 500 磅③,一颗的威力就能抵得过十发重炮,50 米范围内光是震都能把人震死,而弹片甚至能杀伤两三百米半径的有生力量,这才仅仅是常规炸弹,他们还有五花八门的各种邪门玩意儿呢,燃烧的、有毒的、生化的……"

王合果忽然扑哧笑了,随后自言自语道:"说得这么厉害,那你可别到时候再投降到那边去呀。"

这话音量很低,但是比一枚航弹更具威力,所有人都齐刷刷瞅着。姜宝臣低下头,没回话。

丁捷刚要开口,连福虎忽然大步闯了进来,后面还跟着冯二杠。老连似乎听到了方才的对话,脸色很是阴沉,大伙儿很少见到他这副表情,都猜测王合果会倒霉。却听老连高声呼喊:"三排长——姜宝臣!"

姜宝臣从地上爬起,立正回答:"到!"

老连继续大声说:"做好牺牲准备!"

"是——"

注释:

①92 式步兵炮并不能击穿美军主战坦克的前装甲,只能攻击侧后方或者履带,但是战士们认为它无所不能。

②1948 年 11 月淮海战役中，国民党军张克侠中将率部起义，共有三个半师投诚，为"碾庄战役"的胜利奠定基础。此后国民党军多有起义投诚者，按照各自的基本意愿被编入解放军第九兵团。

③磅为英美制质量或重量单位，1 磅约合 0.4536 千克，500 磅约 226.8 千克。

五

让很多人始料未及的是，战斗任务居然下达得这么突然，包括丁捷都很诧异，自己才从团部回来，获得的指示是"待命"，没承想这个"待"竟会如此之短。

连福虎讲："咱们就长话短说，整个兵团的部署调动我不懂，也没必要懂，但是我懂上面的意图，那就是围歼面前的这支美军！咱们用十几万人去啃他们两万人①，按理说问题不大，可是大伙儿心里也都清楚，咱武器不行，人家天上有飞机地上有坦克，他们一个师的装备能顶咱一个军！所以就得用命去填，用更好的战术去弥补，再加上咱们的兵战斗素质和决心要比他们强，所以这个仗有得打！之前呢团部的意思是先让咱们在这儿跟敌人耗，换取时间让一连二连从侧翼迂回到敌人的前面去，占据有利地形彻底把退路堵住，可是我刚才收到营部的指示，说一连没能守住那个卡子，二连想再攻上去也没成，敌人这是拼了命要跑，就凭咱们这点儿弹药确实是难啊！入朝的时候一个人才发 80 颗子弹，还不够一次像样战役的呢，要想马儿跑，还不给马儿吃草这事儿，也只能发生在咱这儿，没的说，有困难自己想法克服去！反正领导是这么跟我说的，我就得这么跟你们说！所以从现在开始,谁都别跟老子提条件！谁要是跟老子提条件提难处,老子能给他的就是一个炸药包,然后屁股蛋子上再蹬一脚！"

听老连嗓门越来越高,丁捷急忙插话说:"我觉得这应该不是什么问题吧,咱们在国内也打了不少这样的仗,大伙儿心里都有底,应该不会有人发牢骚。"

连福虎会意地点点头说:"没人发牢骚那最好,我接着说啊,人家二连虽说没能抢下高地,但是灵活主动啊,立马转向渗透到敌人的侧翼,化整为零,以班排为单位不停地骚扰敌人,这就等于是迟滞了敌人的撤退,给大部队在外线的合围争取到一些时间,战争打的是啥?就是时间!所以营部的意思是让咱们也适当出击,各处开花,别总是在这儿傻守着啦!我听说三连已经连夜绕过去了,现在到了哪儿没人知道,但我知道一个,三连的老常那可是个贼脑瓜子,比一连的老蒋差不到哪儿去,什么缺德事都干得出来,所以我猜他最大的可能就是带着三连绕到咱们对面去了!"

众人都轻轻地"啊"了一声,丁捷吃惊道:"老连你说的把稳吗?"

老连眯缝着眼说:"八成!八九不离十!不信你们就等着瞧吧,老常去捅敌人的屁股,这是最好的方案,换成我也会这么干。虽说有点儿缺德,可势必造成咱们两个连的夹击之势,还跑前面堵什么堵啊?就地开打,分段切割!"

王合果插嘴道:"老连,让咱们两个连去夹击一个营?!这不大现实吧?我军历来的战法都是集中优势兵力搞运动战,迂回包抄敌人，最后围歼，搞麻雀战打游击那是不得已的时候嘛！而且美军现在是整个师都在撤退，一旦中间被卡住，等于后面的援军是没完没了地上啊！"

"我呸！"老连啐了一口说，"咱要的就是这个效果！咱有1000个连呢，一旦哪儿有仗打还不都凑合过来？恶虎还怕群狼呢！"

王合果干笑道："那我就放心了！不过，咱可别光当马前卒啊，老连我劝你也学学三连长，滑头着点儿，量力而行吧。"

丁捷见连福虎的脸色转阴，担心这个王合果说话太冒失，会造成不必要的争执，不过人家说的也不是没道理，打从进入这个队伍开始，四连就总是充当尖刀，无论是上级指派还是主动请缨，连福虎每逢硬仗都是要往前冲的，这跟他的性格有直接关系。可是相比兄弟连队，四连历来是"蛮干"的代称，立功是不少，可受创也很巨大，回回都是补充兵源最大的那个，据说四连资格最老的三个人就是老连、蔡老苗和那个王文书，由此不难看出这支连队曾历尽劫难。王合果也并非故意唱反调，他应该是代表着一部分人的态度，只不过有些人是不说而已。谁不想得胜受奖呢？谁不想少牺牲多立功呢？只要是真心为连队着想，从出发点上就没有错。

丁捷于是朝连福虎递个眼色，开口道："咱们部队向来是搞民主的，大家心里有啥想法都可以说出来，任何人都别带着情绪上战场，刚才王文书说得也不是没道理，老连你看，三连的老常如果真像你说的那样绕到了敌人背后，那么他们肯定要抢占两公里外的那个制高点，敌人光顾咱们这头就不会在背后多做设防，我猜一个排都不会放，三连是半夜过去的，一旦渗透成功，必然要拿下高地抢修工事，而且据我所知，老常手底下有个突击排，非常善于夜战，半夜摸上去连枪都不用放就能解决了，所以昨天晚上大家应该都没听见啥动静吧？我们现在先假设三连已经占领了高地，凭险据守两三天应该不是问题，那么问题也就来了，咱这边儿的地势低可不好守，敌人一旦背后受压，那么必然前突，所以说现在的态势就变成了咱们被动，从后备军变成了最前锋，极易成为敌人的泄洪渠，不出所料的话，很可能今天敌人就会采取行动，我猜这也是营部忽然下达指令的初衷，让咱们早做准备好争取主动，老连你看我说得对不对？"

大家纷纷点头，王合果被人从后腰捏咕了一把，欲言又止。

连福虎微微一笑说："指导员已经替我把情况都说清楚了，还说得非常仔细，我看没人有不明白的地方了吧？"

丁捷摆摆手道："我还得再加上几句啊，咱面对的敌人可是美军陆战一师，是重装备的王牌师，而且还是困兽犹斗的局面，俗话说打蛇打七寸，可现在咱们是要拦腰斩断，斩得成咱们能让它首尾不能相顾，斩不成呢，咱们可就要两头受敌被蛇反噬……"

副排长陈景文试探着问："指导员，反噬是啥意思啊？"

老连呵斥："别捣乱！好好听着！"

陈景文委屈嘀咕："俺听不懂才问嘛……"

王合果一旁解释道："反噬就是反咬一口，懂了不？"

陈景文点头赞叹："俺跟着指导员就是长学问哪！"

王合果低声嗤笑道："你跟着谁都长学问。"

丁捷继续讲："这个仗不用我说，大家心里一定也能猜着是个硬仗,而且我猜应该比过去的每个硬仗都要硬,所以咱还是老规矩,具体的战斗部署由连福虎同志全权负责。我作为指导员也要提前表个态度:第一,继续发挥我军优良的战斗作风,顽强御敌不怕牺牲!第二,服从指挥听命令,任何人不得有个人私心和小集团利益,要顾全人局!刚才老连也说了,咱们有1000个连都在这块区域,如果每个连都能齐心协力,必然可以打赢,反之如果都在盘算自己合适不合适,那结果可想而知。第三,作为指挥员也要考虑到每个排、每个班和每个战士的健康和生命,我们是军人,可我们不是天生就为了打仗来的,仗总会有打完的那天,能回家的还得过日子,缺胳膊短腿的怎么建设新中国?"

连福虎扭脸望着丁捷,认真地说:"指导员同志,我知道你这第三条就是专门说给我听的,这肯定也代表着不少人的心思,今天在这儿我得说清楚喽,不是我老连心里不想着兄弟们的命,而是敌人想不想给你命!谁想要命就跟敌人去要,别跟我来要!可能有的人不是天生就为了来打仗,可我老连是,我活着就是要打仗就是要战斗!仗是总会有打完的那一天,可我还是会去打,去和天打和地打和家里那一亩三分地打!人活着全凭一口气,有这口气你是个人,没这口气你就是土!是土就谁都能踩咕你,老天爷会踩咕你、外国人会踩咕你、土豪恶霸会踩咕你,就连蝲蝲蛄都能踩咕你!你说你不战斗行吗?不战斗怎么建设咱们的新中国?"

丁捷使劲摆手道:"老连,我的意思你误解了……"

连福虎却没有理会,继续说道:"我就问你们想活命吗?想!

肯定都想，没人不想，我也想！可命又是谁的呢？这个命啊一半是你的，你拿着，那一半是敌人拿着！你得去夺，去挣命！说句不吉利的话，今儿咱们还在这儿讨论健康和生命嘞，明天没准儿就在黄泉路上见了，我是连长我想跟大伙儿一块儿走，可又不想在那边儿去凑群，集合号不能到哪儿都吹，能少去一个兄弟是一个兄弟，但是该着谁去谁也别含糊！咱四连能到今天全凭一个字——走！”

姜宝臣热血沸腾，一拍大腿站起身说："连长，下命令吧！你不是让我做好准备了嘛！我第一个上，我不怕死！"

王合果瞥了一眼说："嗬，瞅你能的，好像别人都怕死似的！"

注释：

①时九兵团入朝作战人数为 15 万人，但于长津湖战役中只有半数参战(一说先后共有 10 万)，而美第十军及多国部队约有 6.5 万人，此役直接参战的约 3 万人，以实力论双方接近。连福虎的十几万人围歼两万人的说法只是他的猜测，代表着基层指挥官的普遍判断。

六

姜宝臣憋住情绪说："王文书，怕不怕的咱不用现在说，咱战场上见。"

王合果嗤笑道："战场上见？你可以问问四连的这些个老人儿，我王合果又不是没打过仗，别看咱在连部当文书，但是缴获的枪炮抓获的俘虏也有一大堆了，最惨的时候还跟老连一块儿打过死突围，咱也没投降过不是？"

姜宝臣的眼珠子都凸出来了，刚要进行理论，却被身旁的马治国一把拉住，僵持了几下这才坐下，愤愤地瞪着地面。

老马心里也替朋友抱不平，可他最明白事理，真吵吵起来不单没结果还让连领导不好做，军人斗的是命和胆，又不是书生靠嘴吃饭，所以与其发泄情绪，不如战场上见真章，有脾气和敌人撒去，更何况明枪易躲暗箭难防，你知道什么时候背后有人打黑枪？

丁捷深知此时不便与老连再做解释和辩论，这是理念的不同，根本上却并无大碍，眼下是苦战之前的总动员，还是以团结的气氛为主，再者说唯有抱必死之决心才有绝地逢生之可能，这个他说得也没错。于是丁捷拿眼去引老连，示意他主持下去。

连福虎本想当众批评一下王合果，这家伙倚老卖老惯了先不提，可是矛头总是指向姜宝臣和马治国。老马还好，几乎不带情绪，也不问安排，叫干啥干啥，姜宝臣可就不一样了，那是一员虎将，人家过去当国民党军队营副的时候就很能打，把三排交给他之后，整个排的作战素质明显提高，这是公认的，而且有些时候老连自己拿不准的事也会向他请教，姜宝臣从来都是认认真真推心置腹，没半点儿孤傲。可能正是因为他的出色，引来了王合果的某些妒忌，这也并不奇怪，作为连队的老人儿往往都会心存自豪感，以前辈自居，生怕被新人顶下去，尤其是那些来自曾经敌对的一边。

经历过战争的人都晓得这种感受，不是说你投诚过来就一下子变成自己人了，你当初对着我们扫射的时候，打死了我们多少弟兄啊，那能是一句话就过去了的嘛！

老连瞅了瞅姜宝臣，后脑勺里叹了口气，想拿眼睛修理一下王合果，可对方似乎早有防范，始终低着头，脖子还伸得老长。作为连队指挥官，老连本不奉行一碗水端平的那套做法，那都是丁捷该干的事儿，可眼下他确实觉得两难，若以骨干来论，他当然会喜欢姜宝臣，可若是以情感来论，四连能跟他出生入死的人真是没几个了，偏袒一下在所难免。

后又转念一想，其实也挺好，血战在即，部下之间能有争强好斗的心，肯定会唤起更大的作战潜力，将嘛，得激。于是他清清喉咙，朗声说道："现在我来宣布具体作战方案！"

连福虎的所谓作战方案其实很简单，即先试探攻击一下，看看敌人的反应，如果反应强烈说明三连已经就位，而且老常也会参与协同，这种兄弟连之间的默契已经不是头一回了，大家各打着自己的小九九，可在战场上还是一家人。

老连也没想当众矢之的，莫说对面是美军一个营，即便是个连也是极难对付的，飞机坦克大炮先不算在内，光是单兵武器就差着三倍以上的火力，而且人家打光了子弹就有飞机空投，源源不断，自己这边的战士们还得一边瞄准一边估算着这一枪该不该搂出去，打仗没有勇气不成，可勇气还得靠子弹撑着，毕竟刺刀突击那是没有办法的办法。这些，他都懂。

他让火器排用那门92炮先轰对面两下，然后放出关禁闭的石春林带炮转移到后面，姜宝臣的第三排主动出击，与敌接触一下就撤，李疯子的二排负责掩护，最终全连撤到东南角的那块高地上面。而冯二杠带领一排提前过去挖掘防御工事。老连自己则位居中军，前后照应。

那个高地距此约一公里，海拔较高，地势相比这边强上一些，而且与三连的阵地遥遥相对，晚上可以举火为号骂老常，也是一件快事。关键是位置还不当不正，既不是美军的必经之地，又可以随时出击进行袭扰，可谓进可攻退可守。

连福虎的安排也算有声有色，可万万没有想到即将发生的战争并没有按照他的预设进行，一场始料未及的残酷决斗正在朝他和他的连队阔步迈进……

起初，所有人都认为这一仗最大的难点就是姜宝臣，说是"与敌接触一下就撤"，可根本没那么简单，过去的经验告诉老兵，有时候一旦接触上，想撤都撤不下来了，所以在下达命令的同时，老连要求三排做好战斗牺牲的准备。

姜宝臣很知深浅,又心怀期待,如果能顺利诱敌深入高地,打掉对方一两个排应该是可以做到的,这样的话趁天黑后再搞夜袭,足以扩大战果。因此他情绪高昂地接受了任务,却又被指导员喊住。

　　丁捷说:"出战前大伙儿可以把书信留下,如果还没写的那就尽快写,打仗没有不死人的这个都知道,但是咱们毕竟在异国他乡,要是啥都没给家里人留下,也是个遗憾。"

　　看大家纷纷点头,老连却不高兴了,歪着脖子喊:"这是要写遗书吗?这还没上阵呢就先担心要死吗?我想看的是血书!是请战书!是入党申请书!"

　　听到这儿,姜宝臣似乎想说点儿什么,又忍住。

　　丁捷诧异道:"写遗书就是怕死?连福虎同志你这想法有问题呀!"

　　连福虎并不想和指导员闹思想分歧,知道也说不过,索性直接表态:"你们谁想写就写,但我先发句话,写了的人就别接任务!接了任务的就别写!我还指望着你们都全须全尾地回来呢!不吉利的话咱说过一回就行,别老是婆婆妈妈的,那只能让你们自个儿倒霉!过去写过遗书的人不都没了吗?"

　　丁捷苦笑道:"老连你这什么逻辑啊!"

　　众人一听连长这么说,也都没了主张,只好跟着一块儿嘿嘿笑。

　　丁捷见事已至此,也就不想多做争执,最后说:"那行,那我干脆把自己的遗书公布一下算了,咱们有谁算谁,能记就记住,如果我牺牲了,我就拜托连里就近把我埋了,风水不风水的不重要,咱只求入土为安头朝东南,我老家是苏北的,祖辈们讲究这个,我既然不能身旁尽孝,就不能不要规矩,所以就麻烦大家了!"

连福虎特别不想听这个,使劲挥舞着手臂说:"都当他没说啊!啥都没说!老丁我会相面你知道不?我看得出来你能活到八十岁!"

于是好几个人都问:"老连帮我也看看呗!看我能活多少?"

"闭嘴吧准备战斗!"老连断喝一声,率先走了出去。

下午三时,火器排的人用那门92式步兵炮攻击了敌人的前哨阵地,第二炮居然炸毁了一处重机枪堡垒。

李疯子为此纵情高歌,打来到朝鲜,还是头一次见到自己人的炮敲掉敌人的火力点。姜宝臣瞅着他,很是纳闷,你至于高兴成这样?

李疯子哈哈大笑道:"这是指导员让我唱的,说要是找不着人唠嗑那就唱歌!老姜来来来,咱俩唠会儿!"

姜宝臣一摆手说:"免了吧!我这儿马上要带兄弟们上阵了,还是等我回来再聊吧!"

李疯子笑道:"那行那行你去吧!我负责给你掩护,你别打起劲儿来不回来啊!"

姜宝臣没再答话,一挥手就带人冲出了阵地。

连福虎手里举着个单筒望远镜观敌瞭阵,说是单筒,其实以前也不是,只不过一边的镜子碎了,目镜里花里胡哨的特别碍眼,他紧闭着一只眼,脖子努力往前伸,终于找到姜宝臣的背影。

就瞅见三排的人猫着腰拎着枪向前飞跑，在阵地上起起落落，士气颇高。老连心里高兴，盼着对面的老常也能突然发起攻击。可就在这时，一架敌机飞来，在半空里打了旋儿顺势俯冲，先在前哨阵地上丢下一颗炸弹，转瞬便飞到眼前。老连急忙俯下上身，却还是有点儿晚了，第二颗炸弹擦着脑瓜皮飞到身后十几米的地方轰然爆裂，无数弹片四处飞射，有一块硬生生地吃进了他的左肩。

连福虎被刹那的疼痛击中，本能地想缩进壕沟，竟然无力做到，整个人像被那弹片钉在砧板上的鱼，除了小腿肚子可以哆嗦，哪儿哪儿都动弹不得。他真想破口大骂，可实在是太疼了，无数的神经全都汇集到肩头那片区域，同时释放着电击和针刺般的痛楚。

连福虎隐约中听到有人嚷了一嗓子——连长！然后身体就被人拽翻，一块儿扑倒在战壕里。缓了几缓，痛感散开，连福虎睁大眼睛发现鼻尖的正上方悬浮着一张小黑脸，正嘴对嘴地朝他呼唤着什么，还带着一股子难闻的泡菜味儿。

许春连续喊着："连长——老连！"

老连把脸侧到一旁，说道："滚蛋！"

许春喜极而泣问："老连，你没事吧？"

老连龇牙咧嘴道："赶紧滚蛋，你压死我了！"

许春急忙滚到旁边，开始检查对方的伤势，然后又开始大声嚷嚷："卫生员！卫生员——张实在！快来救连长！"

七

几十米外发出一声惊骇，没多大会儿工夫张实在就出现了，脸上全是眼泪。

连福虎特别没脾气，数落道："哭啥？我又没死！"

张实在哽咽道："你是没死，可你吓死我了。"

经过检查，老连的肩胛骨还好，就是锁骨断了，那枚弹片卡在里面，后肩膀头子上连皮带肉旋下去一大块。

张实在一边给他包扎一边絮叨："幸亏伤在这儿，要是再往下面点儿，这条胳膊就废了，要是再往下面点儿，就能伤着你的肺，要是再往下面点儿……"

老连呵斥道："你个小兔崽子就不能说再往上面点儿嘛！再往上面点儿，老子啥事都没有！"

刚收拾利索，就听对面动静不对，彻地连天的隆隆声响成一片。连福虎倏地一下站起，一边披上外衣一边命令："快分散——炮击！"

炮弹紧接着一发发陨落，就在他们前面两三百米的地方纷纷炸响，阵地上瞬间腾起泥土和石块，漫天狂飙。透过烟雾，老连看见三排的战士们正处在这场风暴的中央，尽管他们已经停止了奔跑并匍匐在地,可密集的炮火仍然将其中的一些人撕成碎片,在空中被反复地抛来抛去。

连福虎喃喃道:"赶上了……"

战场的中间区域几乎没有什么掩体,弹坑都很少,步兵们除了被踩躏,没有半点儿反抗和逃避的能力,唯一能指望的就是等待一颗炮弹落在离自己不远不近的地方——太近了会被直接肢解,或者当场震死,太远了根本来不及跑过去,就会遭受四面八方的弹片侵袭。在钢铁的暴风雨中,战士的生存空间少得可怜,只有死神呼啸来去,不断地吸食血肉之躯。

姜宝臣一个箭步冲向侧面的弹坑,同时声嘶力竭地喊:"找隐蔽啊!"

三排的人已经死伤过半,一名战士在跃入坑中的瞬间中炮,整个身体被凌空撕碎,肉块四散。

姜宝臣的心也像被同时撕碎,刚刚炸死的那个士兵正是自己投诚之时带出来的,都是过去第五军45师的老弟兄,现在是一个都没了。第五军本是邱清泉兵团的嫡系王牌,徐州之役他们被保护得很好,始终没拿出去跟华野硬磕,哪怕是在眼睁睁看着黄伯韬兵团那12万人被全歼的情势下,邱长官都是一颗私心护着大伙儿。即便后来杜聿明严令他们留下断后,听说45师被围的消息,邱长官仍是坚持带人马杀回来救援,尽管"统帅部"后来指责他是出工不出力①,可弟兄们从心里还是感激的。能让你活命的长官自然是好长官。

至于做出投诚的决定,姜宝臣绝不是因为看到大势已去贪生怕死,他有自己的主张。国军内部的派系分裂直接导致见死不救这种事反复出现，尤其在大兵团混战之际更是家常便饭。跟着这样的军队你是看不到未来的，就算能赢也无非是中国人打中国人。有些时候男人的选择未必依托功利性，他们更看重道义，而军人的道义又是什么？还不是情愿跟随那些可以托付性命的人并肩血战吗？友军不相救又与敌人何异？甚至比敌人更可气可恨！所以淮海战役尚在胶着，他就决定投诚，出于安全起见就带了一个班投奔过去，自然都是最亲信的人。可眼下，这班出生入死的弟兄皆已命丧黄泉，只剩他一个了，后悔吗？一点儿也不！而且他相信那些弟兄同样不会后悔，为国为民没的说。

除了大义，他其实还有个私念也起到决定因素，不过有些难以启齿，只有同乡老马略知一二。

姜宝臣是有家眷的，只不过尚未公开。那个女人是街坊家的孩子，大他两岁，也算青梅竹马。1937年双方家长缔结婚约，就指望次年给他们办喜事呢，结果喜事未到日本人却来了。徐州会战越打越不像样，到最后不得不掘开了花园口的大堤，逼日军后撤。姜宝臣被国民党军带走算是捡了条命，未过门的媳妇却跟无数百姓一样深陷泥潭，从此便不知所终。等到1948年再回来，两人竟然在街头相遇，简直惊出了一脸泪，彼时的姜宝臣已经荣升中校，自己的女人却已几经拐卖沦落风尘，十年不过弹指一挥，却让一段好姻缘破碎不堪。

他倒没嫌弃，花了点儿钱帮她赎身，毕竟一个三十岁的娼妓也值不了多少。可旧时有个习惯，戏子婊子是不能当正室的，这关乎宗族颜面。万不得已只能偷偷住在一块儿，姜宝臣在乡下租了间房，姑且安顿了她，军务不忙的时候才能赶去一聚，两人谈起将来难免相对黯然。他不忍心让这个苦命的女人再受委屈，发誓一定给她个正经的名分、安稳的家，大不了等天下太平了搬迁到远地，从此白头偕老两不相弃。再后来听老马说，共产党那边好像搞什么妇女解放，于是就动了心。等起义投诚后，姜宝臣有了新的打算，他必须要入党，入党才能当干部，有了干部身份他才能有个妥定的家。不过他也知道，要入党得先立功，尤其他这种情况的，只有立功可以证明自己是真心参加革命队伍的，更能挡住某些流言蜚语。

战争年代立功似乎应该不难，可现实却往往不是想得那么简单，一场恶战结束，立功者寥寥，更多的则是被追认为烈士。转战朝鲜后，这种机会才逐渐多了起来，如果牺牲，有望获得一等功，如果能在一次战役中起到特殊作用且壮烈牺牲的人，有望获得特等功。姜宝臣不怕死，但也绝不想牺牲，自己完了不要紧，她可怎么办？所以他更希望能拿个二等功下来，即明知会死也敢硬上，要么起作用，要么身受重伤，他都愿意接受。男人不拼命哪来的命？

况且，姜宝臣对自己的能力还是放心的，十年老兵身经百战，什么凶险没见过？论枪法论投弹，论任何一项单兵技能他都敢在全连称雄，冯二杠也好，石春林也罢，这类匹夫之勇他都不会放在眼里，即便李疯子那种狠角色也未必能跟自己面对面一搏，似乎除了老连就没服过谁，这绝不是不谦虚。所以连福虎让他带队突击做好牺牲准备，这更像是给他立功的机会……

姜宝臣蜷缩在坑洞的前坡，忍受着一波又一波的轰击，他的头被震得左右摇摆，想停下来都不行。重炮是步兵之神，发射的一方士气大振，而承接的一方则魂飞魄散，恨不得升天遁地。彼时的他内心充满愤怒，又万分焦灼，如果这场炮火持续下去，那么三排就全完了。不过虽然多少有些恐惧，但尚未绝望。

两分钟后，当最后一发炮弹近距离炸响，阵地上出现了短暂的宁静，大地忽然停止了震颤，反倒让人觉得意外，姜宝臣迟疑了片刻便扯起喉咙吆喝："谁还活着——都有谁？"

远远近近传来几声回应："我，我，我在！"

估摸人数，最多就剩下一个班了，姜宝臣感到某种轻松的失望，他竖耳倾听了一下，立即大声吼道："敌人上来了！三排准备战斗！"

伴随着履带吱吱呀呀的金属摩擦声，坦克已经迫近。姜宝臣听到身后机枪阵地开了火，应该是李疯子的人，他知道二排有个机枪射手技法出众冠绝全连，这个人一旦扫射肯定代表有敌人的步兵压上来。

果然，几声敌人的惨叫传来，让姜宝臣很是解气，他稳住心神缓慢爬到坑沿儿稍作窥视，便厉声喊道："炸——药——包！"

作为攻击部队，三排没有携带任何重武器，甚至连燃烧瓶都没有②，唯一能指望的就是那几只炸药包，不知道还在不在。问过之后，没人回应，姜宝臣心里就是一咯噔，已经非常清楚地意识到他最多还有三分钟的生命了。

在这三分钟里，他倾听着来自前前后后的枪声，也想到了自己前前后后的事，忽然觉得这一切的嘈杂都离自己越来越远，有种置身事外的感觉。他细致地把军服从上到下整理了一下,帽子戴正,用手抚摸着"中国人民志愿军"的胸章沉默了片刻,觉得该是没有什么遗漏,于是把腰间的手榴弹依次拽出,全部去掉盖子,凭借判断一颗颗用力甩出,然后正襟危坐在坑底,准备迎接自己的死亡。

坦克驶到坑前,猛然刹住,炮筒里随即喷出一股烟雾,一发榴弹准确地命中了机枪阵地,紧接着就能听到李疯子的愤怒咒骂。

姜宝臣仰望着面前这辆坦克,忽然觉得这东西大得惊人,却也没那么可怕,他端起冲锋枪对着射击孔从容地打完了一梭子,子弹反弹回来,在他四周虾一样地欢蹦乱跳,然后他丢下枪,大声且不间断地喊着那个女人的乳名,看着坦克的顶盖开了,一个美国人冒出头来将机枪压低,开始朝他射击,在不断闪耀的枪火中,两个人始终对视。

注释:

①由于杜聿明下了死命令,邱清泉才不得不派出非主力部队从侧翼迂回搭救黄伯韬。而等到第五军45师被包围的时候,邱却不顾整个兵团安危,也不顾其他三个兵团30万人可能被解放军追上包围的危险,坚持要派兵回去救援。孰轻孰重一目了然,无非是他把45师视为自己看家本钱,而把友军当成身外之物。

②燃烧瓶又名"莫洛托夫鸡尾酒","二战"时苏联入侵芬兰以空投燃烧弹攻击平民目标,遭受国际社会指责,苏联外长莫洛托夫诡辩称空投的是面包,芬兰军民便将苏军燃烧弹称为"莫洛托夫面包篮",此后又以"莫洛托夫鸡尾酒"代指燃烧瓶,用来招待苏

军坦克。这种廉价武器对付装甲车辆有特殊效果，往往会造成坦克的外挂油箱殉燃殉爆或者其使动力系统瘫痪。不过只适用于游击战或城市巷战，正规部队打阵地战几乎不会使用，因步兵很难隐蔽接近坦克。朝鲜战争初期，志愿军因缺乏反装甲武器，只能使用这种原始办法对付坦克，依靠士兵的勇敢和牺牲精神阻止敌人的机械部队。

八

姜宝臣的死让三排剩下的人都发了疯,那七八个战士哭喊着跃出地面,冲向坦克,他们每个人手里都是几颗冒着烟的手榴弹,于是在重机枪的攒射中显得极为惨烈,就像一个个火药桶被打爆。

李疯子看着面前的一幕,眼睛快要喷出血来,他反复怪叫着:"燃——烧——瓶!"

这声音尖厉至极令人惊骇,附近的战士竟然一时失去了反应。

半空里响起了密集的马达轰鸣,机群快速俯冲下来,机翼下成排的大口径机枪顺着战壕一通猛扫,所到之处溅起了一连串的残肢断臂。

李疯子举起冲锋枪仰射,一些子弹打在机腹的钢板上发出微弱的噼啪声,似乎除了给对手披挂了几分荣誉,别的什么用处都没有。

不单是二排的前哨阵地,连福虎等人所在的后防壕沟也遭受了投弹,通信员夏满豆怀里抱着一箱子弹正跑向连长,背后就落下一枚航弹,这名小战士当场被炸得粉碎。老连从地上爬起,再看,人没了,抬起手抹了把脸,发现上面沾满了脑浆和碎肉,他转身朝许春喊:"快去通知指导员和连部所有人!进防炮洞!"

许春从惊慌中苏醒,答应一声撒腿就跑。

连福虎的目光漫无边际地瞅了瞅,最后停在了脚下,他俯身捡起一样东西举到眼前辨认,却是夏满豆脖子上挂着的那只铜铃铛。老连用手擦了几下,放在耳边摇了摇,还能响。

一旁的张实在担心道:"连长,你也快走啊!"

老连回过神来,把铃铛往兜里一揣,吼道:"快去喊二杠他们回来!快!"

张实在顾不上答应,翻身跳出战壕,朝后面跑去。跑了一截看到火器排的人正在转移那门步兵炮,就嚷嚷道:"老连让快回去!敌人坦克上来了!"

石春林听到背后爆炸声响成一片,本来就有杀回去的念头,可没接到命令不敢擅自行动,只得故意走得慢些。此刻听到卫生员的话,精神为之一振,朝手下的战士们吆喝:"都停下!原地掉头干他妈的去!"

高地上,冯二杠正带领着一排的三十几号人抢修工事,忽听远处阵地乱成一片,急忙跳到陡坡上张望,只看了两眼他就知道糟了,于是抛下铲子说:"都停下!杀回去!"

副排长陈景文提出了质疑:"老冯,回去不合适吧?老连可没叫咱们回去啊!"

二杠一边拎起武装带迅速披挂,一边解释:"咱们连还没开始进攻呢,敌人就先打过来了,再不回去真就晚了!"

大伙儿一听全急了,纷纷抄家伙。

陈景文却张开双臂拦阻道:"那也不行!指导员动员会上咋讲的你忘啦?要服从命令听指挥!传令兵没到,咱就不能动!"

二杠不是躁脾气,毕竟对方也没说错,只好循循善诱道:"景文,你去看看,敌人这是来了多少飞机多少坦克?而且是上来一个连来打咱们啊!现在咱们连整缺了一个排,估摸火器排的人也不在那儿,你让老连他们怎么顶得住啊?"

几个战士一齐叽叽喳喳,纷纷劝说,不过也有人支持陈景文的观点。

陈景文是安徽亳州人,祖传的木匠手艺,眼神特别好,料板上手不用墨斗就能锯出直线,当兵后继续发挥专长成为一名出色的射手,步枪操典全连三甲。他听大伙儿纷纷鼓噪,也难免跟着动了心,干脆一路小跑来到高坡上,习惯性地眯起左眼张望了一下就都明白了。不过还是有点儿担忧,怕受上司怪罪,万一这帮人跑过去救驾,结果被老连一顿剋——谁让你们回来的?一会儿全连要撤到高地上,你们挖的工事呢?!

于是陈景文压制住动摇的念头,提出一个简单要求:"只要看见臭豆子的人影咱就下去,咋样?"

机枪手常铁生忽然冒出一句:"那万一臭豆子半道被飞机炸了呢?比方说炸伤了条腿跑不过来送信咋办?"

陈景文一愣,也是啊,刚才就看见飞机在阵地纵深投弹了,如果传令兵真的被炸,老连等不来救兵咋办?

见他如此犹豫,作为同乡的常铁生慨然规劝道:"老木匠啊你就别琢磨了，一个大老爷儿们咋半点儿主心骨都没有呢？老冯，人家正排长都发话了你还磨叨个啥嘞！大不了咱们这三十号人一块儿顶缸还不成？"

陈景文瞅了瞅面前的常铁生，又扭头看了看冯二杠，于是一跺脚说："行了老铁匠！我认了——走！"

众人于是大喊一声就跑步下山。

此时四连的人为了躲避飞机，多数已经进了防炮洞。连福虎本不想走，放心不下前面的李疯子他们，但是被丁捷派人硬架了回去，半道上又让一颗流弹击中侧颈，虽然没打穿动脉，血却流了一身。老连疼得破口大骂："真是破鼓万人捶啊！我×他祖宗哎！"

老连进了洞之后，失血严重近乎虚脱，只能委顿在地，靠在一个伤员背上，隐约听见指导员和一些人对话，但对话不时被爆炸声淹没。直到冯二杠带人赶到，他才再次清醒，却听丁捷吃惊地问："你们怎么来了？谁命令你们回来的？"

陈景文和冯二杠面面相觑，纷纷去看周围的人。

王合果也说："是啊，你们怎么回来了？我们正在商量撤出阵地的事。"

冯二杠含混道："是我……"

常铁生也跟着含糊："景文担心大伙儿……嗯，所以……"

陈景文气呼呼地说："你——你这是反噬俺！"

丁捷十分恼火，这样随意行事等于将全部鸡蛋都放在一个篮子里了，后面的仗还怎么打？他试探着问："老连——连连长？"

连福虎本想包揽责任,可又没半点儿力气,摆摆手摇摇头。

丁捷刚要再批评一排几句,洞口外忽然有人嚷嚷,扭头一看竟然是石春林。膀大腰圆的石春林正在和两名战士用力推动那门92式步兵炮,似乎想把它也请进来,但是有个轮子根本不听使唤,一枚航弹落在他们身后十几米的地方,其中一个战士立刻俯下身体,竟然把那个行将报废的轮子压折了,石春林气得哇哇直叫。

丁捷急忙用脚踩住冲来的轮子,招呼几个人一块儿出去帮忙,生拉硬拽还真把炮给拖了进来。

见指导员没问话,王合果就先说了:"大林,你们怎么来了?谁命令你们回来的?"

石春林如实回答:"连长让我们回来的啊!他让卫生员通知的啊!"

丁捷慨叹一声,闭上眼睛,摆出一副无可奈何的表情。

却在这时,外面挤进来一个血人,大哭着说:"连长!指导员!姜宝臣没了!"

丁捷心里一痛,仔细分辨才看出来是秦再兴,急忙问:"三排咋样了?"

秦再兴是二排的机枪手,也是全连最佳的火力输出,在击杀了多名美军之后被一发坦克炮轰碎了阵地,副手当场死亡,他却侥幸逃过一劫,叫人救下抬到了后防,刚刚让许春带过来。此刻他蹲在地上,喃喃道:"没了,全没了,都被坦克打光了……"

连福虎忽地站起,脑袋立刻一阵眩晕,晃了几晃被一旁的二杠扶住,嘴里吐出几个字:"宝臣……有啥交代……"

没人应答。

丁捷擦了一把眼泪,用目光去寻找马治国:"老马,你说说吧。"

马治国愣愣地看了看众人,哽咽了一下才说:"宝臣没交代啥,以前说过想入党,怕不够格。"

王合果想说点儿什么,又止住,长叹一声背过身去。

丁捷道:"宝臣入党的事,我和连福虎同志负责,我俩当他的介绍人吧。"

连福虎点点头,挣扎着问:"二排咋样了? 李疯子呢?"

秦再兴答:"不知道啊! 敌人火力太猛,压着咱们脑门子打,李排长估摸着快要跟敌人去拼刺刀了……"

丁捷拧起眉头原地踱了几步,猛然立定并大声说:"眼下必须跟敌人进行肉搏混战了! 再这么守下去人就耗光了! 共产党员——出列!"

一些人向前跨出一步,目光炯炯地瞅着他们的指导员。马治国也想陪同指导员去拼刺刀,可惜自己还不是党员,他攥着枪刺的手咯咯作响。

连福虎用力说:"要玩白刃战也得我带队,我是连长,打仗的事我负责!"

丁捷瞪着眼睛喊:"我是指导员! 我是全连最高领导! 都听我的!"

连福虎用力撑住身体,勉强站稳了,指点着石春林说:"你,你去把指导员的枪缴了!"

石春林却没动窝儿。老连嘴角拧出一丝不屑，扭脸去看冯二杠。

二杠犹豫了一下，还真有要动手的意思，不料丁捷却反应神速，嗖一下蹿了出去。在他的带动下，秦再兴、蔡老苗、石春林、陈景文、常铁生、王合果、张实在等人也都鱼贯而出，纷纷呐喊着："替宝臣报仇！替三排报仇啊！"顺着蜿蜒的交通壕向前沿阵地飞跑。

连福虎蹒跚地追到洞口，泪就下来了，不知怎的，他潜意识里觉得这一次他们俩注定要分别。

二杠还头一次看到老连流泪，他心底一热，也哭了，随即请示道："老连，让我也去吧！我也是党员啊！"

连福虎却扯住对方的胳膊，用低沉的声音说："你不能去！指导员他们这一走，连里骨干全没了，我要是再完了蛋，还有谁能带弟兄们突围啊！四连必须得留下点儿人，我可以不在，你可以不在，但是四连得在！懂了吗……"

九

李疯子见指导员带队赶到,精神为之一振,尖叫一声:"兄弟们! 给我上刺刀!"

二排的人纷纷顶上枪刺,个个激动得要死,于是阵地上到处回荡着此起彼伏的吆喝——

"燃烧瓶也带上吧!"

"带上带上!"

"炸药包也带上!"

"全带上!"

"老子豁出去了,非要干他娘个坦克!"

"是爷儿们的走吧——"

丁捷伏在壕沟边,注视着渐渐迫近的敌人,忽地扬起了手臂。

号手薛金泉的冲锋号一响, 李疯子就头一个蹿了出去,他腋下携着冲锋枪,手擎一支春田式①,刺刀被打磨得阴森灰冷,随着他的奔跑上下起伏,不断割开迎面扑来的寒风。这名老兵的个人战斗素养极高,浑身上下氤氲着一层暴怒气息,一边腾跃一边抛出手榴弹,人如鬼魅,很快就绕开坦克第一个接触到了美军,由于冲劲太大,根本来不及拼刺,干脆一枪托横扫了过去,正砸在那个敌人的眉骨上。跟在他身后的人几乎都能听到那声清脆的爆裂,像是砸开了坚果。

蔡老苗始终有意挡在丁捷的前面,他没拿枪,两只手各提着一只燃烧瓶,瓶口的布条已经点燃,火苗子舔舐着他的腕子,他却浑然不觉,也不知道是过于紧张还是冻疮所致,整个人如同一个屠夫似的生猛。他在距离坦克二十米的地方发动了攻击,第一个瓶子便直接命中了炮塔,转瞬间烈焰就像给这辆战车穿上了一件无法挣脱的橘色罩衣。

"老苗好样的!"丁捷大声喝彩,同时采用蹲踞式射击干掉了一名冲过来的敌人。然而蔡老苗的第二只瓶子没能投掷出去,就被一连串的冲锋枪子弹打倒在地。那些子弹尽数射在他的腹部,造成了严重的腹腔开裂,肠子、内脏像卸掉网底的鱼一样喷涌出来,老苗挣扎着往回塞了几下,这才咽气。

丁捷眼睛里直喷火,飞奔上去抓起那只燃烧瓶扑向近前的战车,这辆坦克刚被集束手榴弹炸断了履带,里面的人推开盖子正要出来,丁捷攀上炮塔直接将燃烧瓶砸了进去。

转瞬的工夫,五个火人便纷纷从战车里爬了出来,一边胡乱奔跑一边发出凄厉的惨叫。丁捷拔出手枪打倒了其中一个,再要射击时发现大林正挺着刺刀追了上去。石春林不只人高马大,步子也大,三两下就撵上一个,依次捅死,最后那个似乎想抱住他同归于尽,石春林大吼一声,枪刺直透敌人胸腔,顺势挑到半空中重重地甩在身后。

美军的阵线开始崩散,当他们面对这样一群狂暴的人类,几乎是一触即溃。王合果、秦再兴、张实在等人已经从侧翼包抄上去,几个陆战队队员稍有迟疑就被刺死,剩下的两个则干脆跪下投降,王合果挥动刺刀一一将其戳倒在地。

在这种人数相当的小规模冲突中,是不需要俘虏的,要的是速战速决,因为混战之中谁也无法确定方才投降的人会不会再次捡起武器从背后射击你。王合果是老兵,当然是想都不会想便痛下杀手,他早已被愤怒烧红了眼睛,和所有人一样。

不远处,常铁生与二排的同乡王枭结成了临时爆破组,他俩每人夹着一只炸药包对视了一眼,吆喝了声:"来生再聚吧!"就从不同方向冲击敌人。大约一个排的美军正以最后一辆坦克为核心,龟缩成半圆形的防御圈,射杀任何一个敢于接近他们的人。常铁生中弹的瞬间拉着了导火索,虽然没能抛出去,却造成了敌人的极大恐慌,于是另一个疯狂的爆破手径直突入了敌群,在他绝望而愤怒的吼声里引爆了那只沉甸甸的包裹。

十公斤的炸药造成了极为严重的毁伤,爆炸核心所产生的高温高压火球像太阳般耀眼,巨大的冲击波毫不犹豫地将十几个人撕得粉碎,气浪甚至把坦克尾部掀起,又重重地落下,发出撼人魂魄的闷响……

当所有来自对手的抵抗都宣告结束之后,丁捷感到一阵阵的眩晕,冷风刮过,他揉了一下眼睛,发现脸上满是泪水。

他是眼睁睁看着王枭和常铁生死去的,在爆炸的瞬间血肉横飞,就像红槿绽放。作为指导员,丁捷了解连队的每一个人,陈景文是木匠、常铁生是铁匠、王枭是篾匠,这三个安徽老乡还

71

号称四连里的"三大将"呢,现如今只一战就少了俩,死得又是何等壮烈,叫人痛彻肝胆。

平津战役后,这三位千里迢迢找到部队报名参军,一路都是笑哈哈的,进了四连也是笑哈哈的,最爱用家乡话聚群密谈,然后就会忽然发出笑声。老连还挺烦他们的,于是把王枭从一排调到了二排,可这三大将仍能时不时地凑合到一块儿继续制造欢声笑语,特别让人没脾气。任何人出于好奇想打听他们究竟聊了啥值得那么开心,都不会得到答案,唯一能收获的只能是"散会"。

据说只有王枭成家立业了,所以出来的时候比较犹豫,可经不住身边那二位的撺掇怂恿,还是出来了。临到上路那天,王枭四岁的小闺女也追了出来,一直哭着追到镇子口,最后被他媳妇给生拉硬拽了回去。常铁生曾说,王枭就第一天没个笑模样,从第二天起才缓了过来。

丁捷想,王枭死前想过老婆孩子吗?也许会也许不会,在拉响炸药包的一瞬间有过后悔吗?也许有也许没有,但是唯一能够确信的就是没有犹豫,从他离开家乡之后就再也没犹豫过。

他抬起头,看到陈景文从不远处走过,神情凄凉。丁捷很想上去安慰一下,作为一个苏北人完全可以用对方听得懂的家乡话与之交流。可最终他还是放弃了,人在最哀伤的时候往往更愿意独自承受。等战争结束了陈景文又该怎么回去面对他们的乡亲和妻女?念及此处,丁捷的心便像拳头一样收紧,紧到发颤发疼,就赶紧转移注意力。他往回走,开始寻找蔡老苗的遗体。

如果可能,他同样会毫不犹豫地拉响炸药包的,和每一个为了保护战友的士兵一样,因为有血有肉,才肯粉身碎骨。

　　四连的人没有乘胜追击,那是很不明智的行为,他们飞快地打扫战场,抢救伤员、运送遗体并寻找一切可用的弹药。

　　不知道许春是什么时候赶来的,他在一具坦克兵的尸体上获得了望远镜,很是心满意足,再一摸,找到一个小盒子,却不知为何物。抬头一看,指导员正蹲在不远处发呆,地上躺着的人竟然是他的班长蔡老苗。

　　许春默然走了过去,望着老苗那可怖的尸身,哭着问:"指导员,我们班长这是怎么了?"

　　丁捷答:"没怎么,老苗牺牲了,他很英勇。"

　　许春不知所措道:"指导员我找到了这个,你拿着,我走啦。"

　　丁捷迟疑地接了过去,看了看,不禁仰天长叹:"哎呀……"

　　这竟然是一盒凡士林! 冥冥中的天意不禁让这位年轻的军官挥泪不已。他仔细地把药膏涂抹到蔡老苗手背上,哽咽着说:"我知道这没用了,可这能让我心里好受点儿,老苗啊你就舒坦着去吧,咱们当兵的人都信有下辈子,是不是啊? 等到了下辈子就好了……"

　　李疯子组织人抢运战友的遗体,最后只剩下蔡老苗了,可看着指导员那份伤心劲儿实在不忍心过去打扰,于是指示一旁站着的秦再兴说:"甭傻站着啦! 过去,把老苗抬走。"

　　秦再兴很是为难,正琢磨着怎么劝解指导员,丁捷却起身说:"抬、抬走吧。"

众人往回走的时候，跟在队尾的陈景文瞥见猫在坑洞里的两个小家伙，就招呼他们："走啊！待会儿敌人还得上来，指导员让咱们后撤到第二防线。"

司号员薛金泉回答："行，这就来！"

许春见大伙儿走开，继续刚才的话题说："老薛，你说我怎么那么害怕看见死人呢？特别是死得很惨的那种，敌人嘛还无所谓，死成啥样我都不在乎，可是一瞅见咱自己人我就抖个不停，刚才憋着泡尿到现在都撒不出来。"

薛金泉眨巴着眼睛说："你怕死呗，这还用说！我告诉你吧老许，只要你有了枪，你就保准不怕了，这玩意儿最壮胆儿！"

许春盯着对方怀里的枪，试探着问："真的吗？那你给我看看行不？"

薛金泉摇头道："不行哎！老许，不是我不舍得让你看，你都没摸过枪，万一走火了咋办？"

许春不屑道："瞎说吧你！我怎么会没摸过枪？我阿爷就是打猎的，我还拿他的枪百步外打过山鸡嘞！还有我们蔡班长的枪我也摸过。"

薛金泉起身道："我说的摸枪是打死过人，你打死过人吗——没有吧？行了咱们走吧。"

许春无可奈何地站起来，跟在后面嘀咕："我真是后悔刚才没去捡一把敌人的枪！我要是有了枪，肯定给班长报仇！"

薛金泉头也不回地蔑视道："你那么怕死，还敢开枪打人？"

许春暗自点点头说："我应该是敢的，谁让他们来打咱们呢？哎老薛，你怕不怕看见死人啊？"

薛金泉想了一下才回答："我不怕,我见得多了,可是我也不想去看,要不然睡着了能梦见。"

许春干笑了两声说："那要是我也死了,你都不肯来抬我了吧?"

薛金泉厌烦地啐了一口说："呸!别说丧气话行不?顺子就是老说死死死的,人就没了。"

许春似乎抓住了对方的软肋,继续跟在后面说："那要是你死了,不管多吓人我都抬你!"

薛金泉忽地站住,转过身来正儿八经地说："老许!我就算死也会尽量死得好看点儿,不会吓着你的,好了吧?"

注释:

①春田式步枪是美国"一战"武器,做工精良且准确耐用,刺刀为匕首式,但因射速低劣被美军淘汰,朝鲜战争中被志愿军部分装备使用。

十

这几乎不能叫作葬礼，士兵们找了一个相对平坦的土坑，把战友们的遗体一具具抬了进去并排放好，简单归拢一下四肢，正正军帽，就开始填土了。

丁捷本不想在此多待，可老连不在他得盯着，立在坑边，瞅着泥土被一铁锹一铁锹地抛撒在战死者的身上、脸上，心底就掀动着一波又一波的疼痛，短短一个钟头的工夫，数十条生命灰飞烟灭，有些人还体温尚在呢。他抚摸着那盒凡士林，对近旁的人说："今天咱们人少，敌人飞机大炮加步坦协同①，让我们想要自卫都这么艰难，眼下连里死伤过半了，我猜敌人还会再来，再来我们就算死也不退！"

众人一齐用力点头。

丁捷嘱咐："大林，你这就去找连长，想方设法让他带队转移，他要是不听，你就跟二栓一块儿把他架走！告诉他们这是我的命令。"

石春林点点头问："那指导员你呢？"

丁捷瞅了瞅敌人阵地的方向，思忖道："我和剩下的兄弟们负责掩护，要是还来得及，我们随后就到，全连在高地上会合吧！”

石春林犹豫了，环视其他人，希望有谁能劝说指导员一块儿离开。

李疯子说："指导员你也一块儿走吧，有我在这儿挡着！我们二排能行！顶到天黑不是事儿，大不了我找宝臣唠嗑去！"

丁捷没回答他，却平静地说："大林，老连器重你，你的话他才可能听，别人都不行，所以我命令你，立刻出发。"

石春林面对这个比自己矮半头的男人，竟然半分抗拒的勇气都没有，他咬紧牙关使劲点了点头，猛地抬起左臂敬了个军礼②，随后转身向坡地上飞奔而去。

远处再次响起隆隆声，如同地狱中的人皮战鼓。

陈景文大叫："炮击！快分散隐蔽！"

丁捷朝远方瞥了一眼，恨恨道："总有一天，会让他们领教志愿军之怒！"

连福虎当然不会离开，自己的指导员都上去拼刺刀了，难道他一个作战指挥官却要先走一步？不仅如此，他心里还很是迁怒老常，三连为啥没有参与协同？明明他们抢占了绝佳的地势，只要开火便能吸引敌人的部分兵力，就不至于让四连遭受灭顶之灾。不狭隘地讲，如果不是他们制造出来的挤压效果，敌人能这么发疯似的作困兽之斗吗？老连暗暗下了决心，只要这次能活着离开，只要还能再次见到老常，肯定一拳打烂他的下巴。

然而他最终没能实现报复计划。老常确实按照连福虎的猜测攻取了制高点,突击排在凌晨时分摸了上去,仅凭刺刀就消灭了全部守军。大约有一个班的敌人在此设防,由于连日闲散放松了戒备,竟然连个哨兵都没有,全部钻进睡袋里躲避严寒去了,在睡梦中便一个个地被戳死。战斗进行得出奇顺利让老常信心倍增,美国佬也不过这两下子而已,于是命令队伍连夜开始抢修工事,做好次日的防御准备。

然而一直等到天亮也没动静,老常只得不断眺望四连的阵地,希望借此能够传递心灵信号③,老连他们如果够聪明的话,应该很默契地夹击敌人,说不定就能一举击溃下面的那支美军。可还没到晌午,一队巡逻兵裹着大衣瑟缩着上来了,经过短暂的交火,打死了两个,其余的都连滚带爬地逃下山去。于是一场惨烈的防御战序幕就此拉开,大约一个小时后,先是迎来了敌人海军航空兵的密集攻势,近50架海盗式飞机④向这块高地轮番轰炸,并投掷了重磅航弹和凝固汽油弹,整个山头被生生削掉两米多,深陷火海的三连官兵与随后蜂拥上来的美军同样爆发了残酷的肉搏,很多人烈焰焚身却依然拼死抵抗,老常和他的指导员先后冲入敌群引爆了集束手榴弹,在他们的带动下就连伤员都采用了这种极端的做法,似乎只求最大限度地消灭对方的有生力量,为后来的人减轻负担。战至黄昏,无一生还。

此后,关于三连究竟是怎么消失的,没有人知道。

连福虎不单是他自己决意不走,而且就算大林二栓想架他走也来不及了。美军的这次炮火简直倾尽了家底,整个阵地纵深被全部覆盖,数不清的弹丸从天而降,把四连的防线反反复复"犁"了近一个钟头。

待到硝烟散去，第一个爬起来的人才发现所处的环境发生了改变，如同遭遇到地质构造运动，冻土层被完全破坏，所有的散兵坑都让泥土掩埋，以前平坦的地方又出现了新的大坑，就好像这些坑自己挪动了位置。

最大的破坏力还是针对人，当场被炸死的已无法统计，有些是震昏过去被活埋，有些是重伤不治，还有些则彻底失踪，连一点儿带有体貌特征的残肢碎块都无从辨认。阵地上零散摆着的只是器官、油脂、血冻和肉，以及仍在燃烧的武器和布片。幸存者们的眼神都是一样的——陌生而无助。

薛金泉的军号不见了，他想起身寻找，不过刚站起身就又坐了下去，并开始咯血。他没受伤，可胸腔里仿佛充满了黏液，鼻黏膜完全脱落，毛细血管也都破了，血液混合着鼻涕像酱汁一样垂下来，有几次甚至让他产生了窒息感，于是越发剧烈地咳嗽起来。

李疯子是被秦再兴等人从土里刨出来的，他那焦黄的大板牙几乎全松动了，为了防震，他两手护耳张大嘴巴，任泥土和碎石冲击面孔。获救之后，他第一个想到了丁捷，模糊的印象里充盈着不祥之感。

秦再兴担心地问："排长你咋啦？你没事吧？"

李疯子推开对方尖叫着喊："指导员——你们谁看见指导员了？"

卫生员张实在从壕沟里跳出来，四处打量，用力呼唤："指导员——指导员！"

陈景文蹒跚着走来，哭喊道："别喊了！指导员……牺牲了！

别喊了,大伙儿快找找吧!指导员啊……"

又有好几个人从混沌中走来,一边揉抹着眼眶里的泥土,一边四处逡巡,似乎都在魔怔中自语:"一定得把指导员找回来……得找回来!"

一声枪响,有人中弹倒毙在地。陈景文急忙看去,是炮手徐增寿,四川老兵,为人木讷,却是打60筒⑤的一把好手,那颗子弹正正地射穿了他的眉心。陈景文立刻恢复了警觉,用并不高亢的声音吆喝:"有狙击手!他在正东!"

其他人也仅仅是看了他一眼,继续进行着搜索工作。

第二声枪响传来,秦再兴胸口被贯穿。这名全连最佳机枪射手似乎想说些什么,但再也无法指挥自己的喉咙,硬撑了一刻才倒下。

陈景文继续吆喝:"狙击手在500米外的那块石头附近!"

张实在尖叫了一声:"这是指导员的手!我认识——他戴着表!"

李疯子忽然号啕大哭:"我找到了……我找到指导员的头了!"

陈景文高声吆喝:"狙击手在偏南45度,距离60米!替我干了……"

与此同时悠远的枪声传来,子弹穿过其侧颈,并带出一道血线。他本不想多作张望,可在生命最后一刻仍是不由自主地想看一眼,只不过他的颈椎被打断了,脖子刚要扭动就迅速垂落到另一侧,整个人随之轰然倒地。

许春也是参加搜索的一员,但没有那么投入,因为他既希望"找到"指导员,却又怕真的见到,同时认为大家应该跟自己想得一样。所以他的听觉很快战胜了视觉,对于陈景文的每次呼喊都有最直观的体会。

许春并不敢东张西望,仅仅是把视线散落于地面,只在偶尔转身之际才用余光瞟一下远处。第三声枪响的几乎同时,他瞬间扑倒在地并快速爬进一个坑里,开始等待属于自己的时机。

他清楚地记得薛金泉的那支枪,就躺在距离自己不足十步的地方,如果可以的话他想尝试一下。大约过了五分钟,许春认为自己已经聚集了足够的勇气,于是贸然走出弹坑,瞅了其他人一眼便捡起了武器,随即再次潜入坑底。

此后在差不多十分钟的时间里,许春将枪支进行了分解和复原,他很惊讶这把古旧的"水连珠"⑥竟然如此流畅顺滑,就连机簧都是这么富有活力,完全不像外表那副老态龙钟的样子。直到后来,当他发现了那枚刻在枪托上的"顺"字,才终于有了醒悟,不免轻轻地点了点头。

对于"孙年顺"这个名字他当然不陌生,他们俩是一块儿入伍并被分到同一连队的,只不过平时接触不多,却也常听人们讲起顺子的一堆趣事,综合所有细节可以归纳为这么几个词:心灵手巧、邪门歪道、枪法不错、各种倒霉。

许春把那夹子弹托在掌心上打量了片刻,抛了两抛重新压进枪膛。他认为这支枪应该可以打响。

注释：

①步坦协同是一种运用步兵、坦克、火炮进行立体配合的作战方式，相互支撑攻防兼备，可以有效地歼灭敌军的阵地防御力量，美军自"二战"起沿用至今。

②正常的军礼都是右手举至额头，石春林抬起左手敬的礼为"持枪礼"，即右手持枪，左前臂平伸于胸部。

③相较于美军在排级作战单位就拥有完备的通信电台，志愿军的通信系统原始而落后，团级以上单位才有少量的无线电台，营级依靠脆弱的有线电话，而连级单位只能用军号、信号弹、哨子、手电筒或者通信兵跑步联系，因此才有"心灵信号"一说。

④海盗式飞机隶属于美军海航部队，朝鲜战争初期从游弋在黄海的航母上起飞，用于协助陆地作战。这种飞机马力大、速度快、航程远，经常被用来对付志愿军的高地守卫部队。

⑤"60筒"即60毫米口径迫击炮，威力小射程近，弹丸大致相当于手榴弹，作战效能略优于掷弹筒或枪榴弹，属于防御型武器。志愿军每个连级单位约配备三门，用作步兵伴随火炮，直接变成了进攻型武器，有时甚至是唯一的"重武器"。

⑥"水连珠"是中国士兵对莫辛纳甘步枪的昵称，因其属于第一代无烟药枪弹步枪，发射时烟雾少声音清脆，且供弹、上膛动作流畅，连续射击如同水珠溅落而得名。

十一

许春朝斜侧向缓慢地爬行,爬得十分艰难,活像个受了伤的小蜥蜴。当兵一年多了,他甚至从未执行过一次像样的军事行动,莫说上阵杀敌,就连匍匐前进都是头一回。连长的保护实在是太周到了,宛如对待一位自远方来的友朋,同样是新兵入伍,人家孙年顺都已经身经几战了,枪托上刻着好几个道道,代表着杀敌数目①,看起来特别神气,而他呢? 依然还是一个炊事员,跟在蔡班长的屁股后面提水扛锅。

不是说炊事班不重要,在任何一个连队,炊事班都是不可或缺的建制构成,当兵吃饭嘛,没有体力哪来的战斗力? 再者说,主管炊事班的司务长还是连里的主要领导,地位能跟连副平起平坐,连部文书都不如他和上面关系近。而炊事班班长往往都是资深老兵,拿的是和排长们一样的冲锋枪,是指导员的股肱之臣,也是连长的心腹之人。由此可见,作为一名炊事员没啥可丢人的。可话也只是这么说。

他已经多次提出申请想去三排,哪怕当个机枪副手也好,或者到火器排均可,再怎么说,搬运的那是弹药而不是水桶,可几次严正交涉的结果都是被老连挡了回来,还特别不正经,让人心灰意冷。他深知问题出在了哪里，不就是因为自己有初小的文化嘛，难道识文懂字也能将杀敌立功的想法断送？不该呀！

老班长告诉过他，连长说了，同样是死，那也得分个先后，肚里有墨水的人不单是稀缺人才，还容易临阵认尿，谁让你们脑袋里面装了那么多的词儿？婆婆妈妈思前想后，看着敌人受伤自己也跟着难受，要是全连都是秀才兵，那就真成了有理讲不清。好像也对。

特别是司务长还讲过"仗义每从屠狗辈，负心多是读书人"，老班长对这句话也很是认同。可指导员又该怎么解释？人家最有学问，不照样英勇作战不怕牺牲吗？所以说凡事都要因人而异嘛……

不过眼下他可不用理会那一套，战争不是你想不想参与的事儿，而是你怎么去开始。就拿刚才来说，那顿炮轰之下，估计连地洞里的耗子都能被震死，可自己却啥事都没有。他人瘦个儿矮目标小，胳膊细长抱着脑袋能绕一圈半，防护能力是天然的，凭什么就当不成一个真正的士兵？

许春一边爬一边这样想着，不知不觉已经越过前哨阵地两百米的地方。他想该是差不多了，再往前的话很可能会跟敌人拼刺刀了，肉搏战他可不敢，要是没两下子根本打不过那些人高马大的家伙。连里最会拼刺的当属二排长，听说他曾经跟三个敌人正面对刺过，而石排长最多才两个，如此看来还是二排长更厉害些，难怪大家叫他李疯子呢，以后想学拼刺刀的话就该找这样的。

他在一个浅浅的洼地里栖身，背后是熊熊燃烧的坦克，他认为这个位置实在是太好了，任何来自正面的敌人都不会留意到自己，而且此时夕阳西下，光线转暗，非常适合隐蔽偷袭。

但是许春的脑子里闪烁着各种杂念，始终无法集中注意力，这让他变得焦躁不安。老实说他可没想去杀人，甚至谈不上复仇，面对一个比自己老练得多的敌人，居然会主动找上门去，多少有些头昏脑涨的架势。他甚至开始担忧这支枪能不能像别人那样打响，响了之后能不能正常地射出子弹，而子弹又能不能一直保持直线？

为了缓和下来，他再次找回刚才断掉的思绪。《隋唐演义》里不是有个英雄排行榜嘛，那么连里的人似乎也可以排一下的，石排长高大威猛所向无敌，应该可以当"李元霸"，不过李元霸是傻子，可不那么好听，还是让他当"裴元庆"吧，裴元庆手使一对银锤有万夫不当之勇，石排长一定喜欢！不过裴元庆后来死在了火雷阵中，也是够惨的……先不管了！第二个应该是李排长了，说实话他挺像"宇文成都"的，却是个坏蛋，又显得不合适了，而且宇文成都爱不爱唠嗑似乎也难说，干脆让他当"伍天锡"吧，伍天锡是个败家子，但是真的很厉害，而且桀骜不驯，李排长也有那股劲儿。第三名就是一排长了，这个不费心，肯定当"雄阔海"了，雄阔海力大如牛打仗勇猛，和冯排长也般配，尤其是雄阔海跟伍天锡还打个不停就更像了！只不过雄阔海最后也是惨死……第四个该轮到姜排长了，当"单雄信"不会错，那是个侠义的人，有勇有谋临危不惧，就是投降过，也叫弃暗投明吧！老连该是哪个呢？嘿嘿，"程咬金"吧！混世魔王一个，还真挺适合他！那指导员呢？当然是"秦琼"了，秦叔宝正义仁厚冲锋陷阵有帅才,再没有比指导员更合适的人选了!那自己当哪个好呢?好像只能是冷面寒枪小"罗成"了吧?

许春侧着脸,用一只眼睛瞭望着,感觉自己真的就是少年将军罗成,此时此刻必须把对手枪挑马下,虽说英雄们大多结局不好,但他们可都是顶天立地的豪杰、响当当的好汉啊!于是他终于缓和下来,逐渐恢复了平稳的呼吸和心跳。既然陈景文说出了敌人的位置,那么就一定还在。就是那丛荒草下面,隐藏着可恨又可怕的杀手,相距不过两百多米,客观地说完全有把握干掉。

他眼睛不眨地盯了足足有一刻钟,却没见到丝毫动静,不免开始产生了怀疑,那个美国佬怎么不打了?明明阵地上还有人在晃动,没子弹了吗?不会!枪坏了吗?也不会!难道睡着了吗?更不会!唯一的可能就是天快黑了准备离开!或者已经离开!

许春迅速做出一番计算,这个敌人就算离开也不会走得太远,再狡猾的家伙也要先学会自保,眼下只有那块石头可以藏身,多半就在后面,正一声不响地等待天黑。于是他调整枪口的指向,赌咒发誓一般地瞄准石头的左侧。

关于左和右的选择他是无法判断的,全凭一时的冲动。大约过了五分钟,冲动开始消散,思想发生了严重的动摇,要是敌人从右侧露头咋办?这个也占一半的可能啊!如果真的是那样,机会就会稍纵即逝,他可没多大的把握击中 300 米外的即时目标,再有就是,敌人万一不露头呢?而是慢慢地顺着石头后方沿直线爬走,或者一直耗到天色全黑,啥都看不见了为止?

许春的心里冒出各种质疑，最后慢慢凝结成为一种忧虑，如同此时的严寒空气笼罩了全身。他低声说："陈景文你就帮帮我吧，要不然你就白死啦，还有秦再兴，还有徐增寿，当然还有孙年顺，你们都来帮帮我吧，你们一个也不能白死啊……"

就在他的希望随着天色逐渐变暗之际，一个人的脸闪了出来，手里似乎还举着什么。许春不由分说立即扣动了扳机，枪声如此之响，竟让他始料未及，肩膀也出现了一阵因撞击而产生的酸麻。

一枪过后，他迅速拉动枪栓顶入第二发子弹，然后挺起脖子再做观望。打中了吗？应该是吧！万一没打中呢？也有可能……毕竟300米的距离会让一个人缩小成一块指甲那么大，更何况还只是半张脸。

许春决定一探究竟，于是慢慢爬了过去。他并不知道，这段路是每个神枪手的必要旅程。当天空完全黑暗之后，他终于找到了自己的敌人，甚至看得非常清楚，不免在心里说：这个人活着的时候应该不难看。

他先是拿起了对方的枪，仔细打量一番，忍不住喝彩道："还以为是支春田呢，原来竟然是条大八粒②呀！"

这是许春的首杀，同时也是怀特中尉狙击战绩的完结。有人始，有人终。

士兵们总是习惯把各种珍贵的物件随身携带，认为可以带来好运，带上战场，并最终带给了对手。这是个无法解释的事情，类似希望，希望总归是好的，但在战火中极为脆弱，甚至可以忽略不计。起初双方的士兵都不想死，都想活下去，于是他们几乎所有人都向自己的信仰发出了求助，这些信仰包括吉祥物、护身符、某个主义、情怀、信念、诺言。然后该发生的悲剧仍要发生，根本不介意谁的信仰有多么虔诚。那些胜利者——暂时还活着的人，会翻遍死者的身体，毫不犹豫地拿走他们想要的一切，有时连衣服鞋袜都不会放过。但这并不算残忍，甚至再正常不过，因为他们有这个权利。活着就是权利。

士兵们一旦死去，他们的私人物品就会瞬间变成纯自然的玩意儿，跟野果一样，统称战利品。如果获胜者当中的一些人可以活下来，并成功地坚持到战后很多年，那么这些战利品才会逐渐恢复各自的生命，默默地讲述曾经发生过的厄运和遭遇，历历在目，并最终会让一个老兵去怀念那个年轻的敌人。

注释：

①通常战士们在枪支上刻字是不被允许的，但孙年顺的枪基本属于破烂货，也就没人理他。

②"大八粒"是我军士兵对加兰德步枪的爱称，因其可以装入八颗子弹，且击发快捷而得名。

十二

许春回来的时候,肩膀上各扛着一支枪,显得格外神气,口袋里也塞得满满的,全都是首次缴获的战利品,他把能拿的都拿走了,很多是自己见都没见过的玩意儿。

他这一路走来,脚步轻快,初次获胜的喜悦久久无法平静,进而萌发了一种特殊的使命感和神圣感,就像穷小子拿到心仪女子的定情信物似的,会让人暂时忽略掉现实的窘境。可一回到后防,所有的那些激动和自豪便化作冷风,瞬间烟消云散。

丁捷已经下葬,据说遗体没能凑全,大伙儿虽然尽力了,可还是觉得对不起指导员。人们都哭了很久,唯独连长没有掉泪,嘴角上始终歪着一支烟头,上面早就没了火星。

王合果满脸流泪说:"连长啊,我也是党员,指导员没了我愿意给宝臣当介绍人!"

马治国一旁喃喃道:"有你这句话,老姜多少也能瞑目了。"

王合果愧疚道:"老马你可别埋怨我啊,我这人心眼儿是窄,可不腌臜,我分得清好赖,宝臣确实是好样的,我服!"

马治国点点头,可心里依旧酸疼,谁都知道姜宝臣是带着郁气奔了黄泉,现在再说什么也听不见了,就算他地下有知又有什么用呢？尤其他在徐州乡下还有个女人呢，到死都没名没分的，将来政府能给她个烈士家属待遇吗？男子汉可以顶天立地马革裹尸，可身后事谁又能帮他料理……念及此处，马治国禁不住悲从中来，朝坟前深鞠一躬就匆匆地走了。

王合果瞅着老马离去的背影，心里也不是滋味，对近旁的冯二杠说："你说老马会不会恨我？毕竟他跟宝臣最是要好。"

冯二杠欲言又止，慢慢走向陈景文的坟前。那个土包下面埋的不只是陈景文，还有王枭和常铁生这两个安徽老乡，只不过都被炸碎了无法拼凑，就找来些遗物下葬，算是那么个意思了，也好让这哥儿仨一块儿来的再一块儿去吧。二杠心里异常难受，总觉得是自己的行动影响了部下，全连都知道他在打济南的时候曾经扛着炸药包冲向敌人，多半是这种疯狂被当成了表率。他明白，弟兄们之所以要这么蛮干，还不是出于想保护其他战友的念头。生死之际肯先行一步，何止是荡气回肠！冯二杠一把扯下帽子，认认真真地敬了个军礼。

与此同时，李疯子和石春林也在为各自死难的弟兄填土，经此一役各排损失严重，身为排长没个不心碎的。李疯子嘴里始终嘀嘀咕咕，谁也听不清楚说些什么，只见到他一会儿朝这个作揖，一会儿朝那个下跪，似乎都有交代。

石春林最后回到丁捷的坟前，给指导员磕了个头，似乎想说点儿啥，可还没张嘴就哽咽起来，众人再次被勾起伤心之感，纷纷抽泣。

老连见不得一群男人哭天抹泪没个完，吆喝道："行了行了，都散了吧，该歇着的歇着去，该出哨的出哨去，明天还要战斗呢。"

许春见众人散了，连长却不走，就凑近了问："老连，你怎不去歇着？"

老连瞅着一片漆黑说："你去吧春子，我想再跟指导员待会儿。"

许春"哦"了一声，并不甘心道："老连，今天我也打死了一个敌人。"

连福虎也"哦"了一声，却没多问。

许春又说："我打死的敌人就是放冷枪的那个坏蛋。"

连福虎一怔，回过神来问："你怎么知道就是他？"

许春答："就是他！你看，我把他的枪都缴获了，可惜上面那个望远镜坏了。"

连福虎接过那支枪，掂了掂拍了拍，点点头说："嗯，是支好家伙！"

许春便得意道："老连你看那枪托上面还刻了好多的道道呢！我数了数，一边是四十多条，另一边也有十来条，这个坏蛋原来杀了咱这么多人啊！"

老连急忙走到一簇野火旁，把枪捧起来看，果然，不过他也发现了其中的端倪，于是解释道："不全是咱们的人，这上面还刻着数字呢！1942—1945，这应该是他打死的日本鬼子有四十多，那一边上是1950，里面这十几个我估摸也有朝鲜人民军的。"

许春见连长又从头到尾仔细打量了一遍那支枪，颇有些爱不释手的模样，不免担心地问："老连，是不是缴获的战利品都要上交？顺子的仇可是我给报的……"

老连望着面前眉头紧锁的小兵，察觉了对方的心思，便开口道："那要看具体是啥了，有些东西必须上交，有些就无所谓了，比如子弹或者棉袄啥的。"

许春嘀咕道："那——枪呢？"

"当然要交了！"老连注视着对方的表情说，"不过，我现在批准你使用这支枪。"

许春压抑着笑容说："老连，那我还要上交别的东西！"

"啥？"

"望远镜！你看，这是我从敌人的一个坦克兵身上捡来的！"许春说着就从屁股后面拽出一个匣子递了过去。

连福虎接了，仔细看了看说："你小子还挺有心嘛！还记得我那个破玩意儿！哎我来问你，要是我不给你这支枪，你小子是不是也不会给我望远镜啊？"

许春摇头说："那个不会！你不给我枪我就借别人的，明天再缴获新的去！"

"这话说得爷儿们！"连福虎点点头，打量着手里的望远镜又说，"这可不是坦克兵用的，这个啊少说也是个美军少校的，没准儿就是今天领头儿的连长！"

"那我就不管了，反正官儿越大越好呗！"许春粲然一笑，随即接二连三地从口袋里、怀里掏出各色物件，一一展示给对方。

连福虎挨个辨认，说道："这个是朱古力，甜的，你留着吃吧！这个是打火机，我留着！这个是洋酒壶，你待会儿给老苗拿去……不对，老苗没了，那你就给司务长送去，老马也好这口！

这个——这个是啥呀？"

许春望着老连手里的皮夹子说："看样子像本书啊！"

"书？书我可没兴趣！"

"你先看看嘛！"

老连抠开皮夹，里面掉出来一张卡片，弯腰拾起，竟然是一张照片，月光下仔细打量，上面是一家三口。老连心里动了一下，把皮夹仔细折好塞进怀里说："这个嘛我要了，别的你都拿走吧！"

许春见连长情绪恢复了点儿，索性要继续炫耀一番，就笑眯眯地说："老连我跟你讲，那个美国佬竟然只有三根手指头，可枪却打得那么准，不过嘛还是被我给干掉啦！你倒是猜猜看我是从多远的地方打的？"

老连答："10米！"

"瞎说吧你！要是 10 米的话，我爬过去的这一路上就得被打死一百回！告诉你吧，300 米——只多不少！"

"哟！真没看出来你小子还有这本事！"

许春见连长夸得比较真实，心里更乐了，可是瞅他眉眼之间仍有一团阴郁笼罩，也不敢太过放肆喜悦，就找了个相对严肃点儿的话题问："老连，你说咱们要是都牺牲了，以后会有人记得咱们吗？"

老连答："记个屁，谁会记得？以后人们都过上好日子了，谁还顾得上想别的？就算知道有这场仗也没人乐意提，毕竟要死要活的事儿提起来挺那个的，谁不是图快活才活着啊？"

许春诧异道："那咱们不是白死了嘛！"

老连不屑道:"可不！就是白死了,不过呢对于那些人是白死,可对于咱们自个儿人来说肯定不是白死,因为咱们是一块儿来的兄弟。"

许春点点头说:"老连你说得是,不过嘛我也问过指导员这个事,他跟你说得不一样哎！"

老连好奇地问:"他咋说？"

许春翻起白眼追忆道:"指导员说咱们肯定不是白死,咱们自己人会记住,自己的后人也会记住,还有那些有情有义的人都会记住,就算记不住咱的名字,可是能记住咱们做过的事。"

老连笑道:"这就不对了吧？要是咱们的人都死了呢？就没自己人了,更没自己的后人了,连那些有情有义的人都不知道有咱这回事了,你说咋办？"

许春却说:"这个指导员也说了,他说就算没有一个人记得咱,也没事,因为以后的人能不被人欺负能过得好,咱就没白死,因为咱们做了对的事。"

老连重复道:"做了对的事……"

许春嘀咕:"老连,要是我也死了,应该算是壮烈牺牲了吧？那你倒是说说看咱还有下辈子吗？要是有,我还跟着你,还有指导员,不管干啥都行……哎也不行,反正你别再让我打水了就行。"

老连摸出一支烟,点上,眯缝着眼睛说:"哪来的下辈子哟,能把这辈子过好了就算不赖,人嘛别贪心,活一天你就算捞一天。"

许春却说:"可是指导员跟我说过,当兵的都有下辈子。"

"啥？"

"指导员说，咱当兵的都年纪轻命金贵，死得早了老天爷会舍不得，所以还能投胎回来。"

老连嗤笑道："这你也信？指导员那是逗你呢，他是唯物主义者，才不会信命信老天爷呢！"

许春微微一笑："反正我信他，对了老连，我要是真死了，我肯定想法投胎找你去，你可别到时候忘了我。"

老连含糊道："成！成啊，我就算忘得了你，也忘不了你这两根细胳膊细腿，一准儿好认！不过咱可先说好了，你投胎要像打枪那么准才行，别万一投进个猪胎，我可只认吃肉不认人啊！"

许春却没笑，憧憬道："好嘞！我保证不投猪胎，猪嘛太笨，我最差也要投个鸟胎去，当个小鸟也挺好嘛，能飞啊！"

老连却坏笑道："鸟可没胎，鸟只下蛋，你投胎进蛋里就是个傻蛋！"

十三

许春头一个当然要找司务长了，不仅因为他是自己的顶头上司，而且还觉得老马现在应该是全连最伤心的人，需要慰问。姜排长没了，蔡班长也没了，他们可是年龄最大的三个老伙计啊，才一天不到的工夫就走了两个，心情可想而知。除此，他尚有个私人请求需要征得司务长的同意。

许春边走边想，自己又最在乎哪个呢？似乎只有一个人选——老连。

只要老连还在就不用担心，因为身边的老人儿们不止一次用不同的版本向他传递过这样一个事实：无数次恶战血战，有几次打到最后队伍都被打散了，最惨的时候就剩下老连和一个战友，照样成功突围！照样重整旗鼓再造四连！

许春暗暗想，如果还能出现那么惨的经历，他愿意跟着老连走到底，体会一下什么叫同甘苦共患难，还有绝地求生。当然这只是自己的一种态度，并非想要诅咒其他人。老连就像定海神针，有他就有希望，因为有希望才有奔头，不是吗？

马治国见小炊事员走了进来，而且眼睛里有内容，就知道他有话要说，于是抹了把脸起身问："春子，有事？"

许春点头说："司务长，我是来给你送东西的，连长说这个物件你会喜欢。"

马治国接过来一看，"哦"了一声说："这是美军的酒壶，行，这个我要。"

许春见对方并不打听来历，也不好意思刻意介绍，毕竟自己再怎么荣耀也不是到处宣传的时候，于是就试探着说道："司务长，你尝尝啊。"

马治国用手摇晃了几下，点点头说："嗯，满着呢，挺好的嘛。"

许春一时没了话茬，可又不想离去，只好伸长脖子打量一下周边环境。这个防炮洞既是物资仓库，又是老马的栖身所在，平常也来过不止一次，所以真没啥可看的，他无非是想拖延点儿时间罢了。

马治国看在眼里就问："春子你是不是想来安慰我的啊？这个不用，我自个儿待着也挺好，连里牺牲了这么多同志，大家心里都很难过，又不是单独我一个，等明儿个天一亮就好了。"

许春听得出对方半是客气又半是送客，只好主动问道："司务长我想跟你说个事情你看行不？就是我想再次申请调离炊事班去前线，你没意见吧？"

马治国苦笑道："春子你怎么还没忘了这回事啊！你就说说吧，咱们现在不就是前线嘛！"

许春却固执道："那可不一样，炊事员就是炊事员，没人指挥怎么打仗啊？我要是真的拿枪去参战也属于无组织无纪律啦!还有啊,现在连里牺牲了这么多同志,炊事班也可有可无了,反正干粮和水都充足呢,我也确实没啥用啦,这也是事实对不?再者说现在也是用人之际,枪我也有,才缴获的……"

马治国看着这名小兵认真皱眉的模样,不免心生怜爱,只得硬挤出一丝笑容说道:"你说得都没错,算是理由充足,不过——哎,你是不是已经找连长说过了?没通过,才又想起来找我?"

许春用力摇头说:"这次可不是!这次我觉得老连会通过,可我想按照章程来,你这儿批准了我再找他去说,肯定行!"

马治国无心逗闷子,一屁股坐下说道:"行行行,我批准了还不行?"

"真的?"许春乐了一下,不过仍努力板住面孔说,"司务长你就放心我吧,我今天才打死一个美国佬,还是最厉害的那个呢!"

马治国点点头,隐约觉得很是苍凉,少年不知愁滋味啊,天晓得明天一战又会如何?全军覆没完全可能,到时候这个小家伙的结局将会怎样呢?希望老天别让他走得太苦就好。

许春见对方并无好奇,只好又兜转回来说:"司务长我明天一定给老班长报仇,也给姜排长他们报仇!你要是也上前线,我就跟着你好了,你要是不去我就跟着老连,你看行不?"

马治国抬起目光看了他一会儿,才说:"你就跟着咱连长吧,我自有安排。"

许春察觉出一种分别前的味道,不免担心起来问:"司务长你家里还有人吗?我听说连里就你们三个年龄最大,应该都有家的吧？"

"嗯，我有，都有，其实咱连里还有几个也都有家，不过这跟打仗没啥关系，咱不分这个。"马治国捧起了酒壶仔细打量着，继续一字一句地说道，"战场上不分有啥没啥，不分岁数多大，也不分高低贵贱，就分你死我活。"

许春顺势悄悄坐下，瞅着那只酒壶说："司务长你说得对，就拿这个物件来说，天黑前还是那个美国佬的呢，现在就变成咱的了，还不是因为他把命丢了嘛，这么一想也是奇怪得很，他们美国人也是有家有爹妈的，干吗还跑十万八千里的来跟咱们打？说起来也是够惨的了。"

马治国不屑道："那是他们活该！春子你记住，绝不能同情敌人！绝不！"

"哦……我知道了。"

"同情敌人，哪怕一丝一毫都不行！你可别忘了蔡班长是怎么死的，更别忘了姜排长是怎么壮烈牺牲的！敌人坦克开到他跟前，用机枪活活把他打烂了！遗体我都看过了，少说有几十发子弹！究竟是什么样的深仇大恨才会去这么对付一个军人？一个没有反抗能力的军人……"马治国说到这儿，忽然掉了泪，赶紧腾出手去擦抹，没留神让酒壶跌落在了地上。

许春一边捡起酒壶一边安慰道："他们可真是可恶啊！司务长你放心，我绝不会同情敌人，我记得《说岳全传》里讲的'小商河'那一回，岳元帅手下猛将杨再兴的战马陷在河里动弹不得，就被金兵趁机乱箭齐发给射死了，后来还把他的尸体拖上岸放火烧，结果烧出来的箭头就有两升多，这简直跟美国佬一模一样！唉,忽然想起来秦再兴了,他也叫这个名字啊……"

马治国黯然接过酒壶,拧开盖子仰脖灌下去一大口,缓了缓才吐出一口长气说道:"自从我加入咱解放军之后才知道,单兵照样可以打坦克。"

许春进行了一场礼品派发,发到最后才找见薛金泉。这名小号兵正坐在坑里发呆,看许春出现就说:"老许你跑哪儿去了? 刚才全连都找不到你,我很担心。"

许春简单介绍了一下自己的首战,然后把顺子的枪还给了对方。

薛金泉却并无很大的惊奇,抱着那支枪自言自语道:"我的军号没了,明天大伙儿都等着我吹号呢,我没得吹老连可怎么叫大伙儿冲锋啊……"

许春叹气道:"可惜美国佬没有军号,要不然今天我就替你缴获一个回来。"

薛金泉继续嘀咕:"你说一个司号员要是没了号,是不是就等于当兵的丢了枪?"

许春看他如此魔怔,便从口袋里掏出了一块巧克力,送到对方眼前摇晃着说:"老薛来吃个这个! 连长说这叫猪什么力,很甜,就是美国糖块! "

薛金泉接了,却没吃,望着对方明亮的眼睛说:"老许,咱们连就剩下 20 个人了,你说明天的仗可怎么打? 刚才你不在的时候连长已经说了,不撤退了,到处都是敌人那就到处开战,他舍不得把指导员和所有牺牲的弟兄们丢在这儿不管,这阵地就是他们拿命换回来的对吧？我觉得连长说得对。"

许春点点头："连长说得都对。"

薛金泉感伤道："这一回连长说自己也会牺牲，而且叫一排长他们把他的坑都提前挖好了，就在指导员边儿上，后来大家也都挖了自个儿的坑，谁和谁平常关系好就约妥了埋在一块儿。"

许春诧异道："老连真的那么说了？他怎么会死呢？我不信，老连说过能打死他的子弹还没造出来哪！就算造出来啦也会卡壳，这世上只有一样东西能打死他，那就是年头，少了100个都不行……老薛你挖了没？"

薛金泉答："我没有，万一炸烂了还怎么埋？就像咱指导员。"

许春努力一笑说："老薛你也是怕死吧？"

薛金泉犹豫了一下才说："我怕。"

许春打气道："有甚可怕的？人不是都得死嘛，早死晚死一回事，再者说了咱这叫为国捐躯为革命牺牲，算是光荣的嘞！而且大伙儿一块儿走也有照应也热闹啊，真要是最后剩下谁一个，后半辈子可怎活？还有哇，你不是告诉我说，只要有枪就不怕死了吗，你看我现在也有了枪，我还真的不怕了，你怎就反悔了呢？"

薛金泉想要辩解一二，可话未出口就连自己都觉得无力，索性低着头。

许春便自言自语道："你说我跟谁挨着好呢？我想挨着老班长，可我又不想下辈子还当炊事员，我也想挨着老连，又怕好位置早被人抢了,除非挤一挤,反正我也不占多大的地方……"

　　薛金泉陷入了长久的沉默,对方在他耳边又嘀咕了很多话题,他都是有一搭无一搭的。最后许春也觉得自己多余,还是走人为好,或许有人会愿意听他干掉美军狙击手的种种细节。于是他轻叹了一口气,告辞道:"你待着吧,我去找李排长啦!他乐意找人聊天。"

十四

许春说是去找李疯子,却没找到,其实他是没想找到。毕竟跟二排长的熟悉程度较低,远未达到可以私下畅快交流的那种关系,而且就算能碰上,估计共同话题也会非常少,光听对方没完没了的唠嗑肯定是要犯困的。无奈之下,他只得朝自己的栖身所走去,可兴奋劲儿还没过,一时间便觉得百无聊赖。

后来听见有人招呼,连长让大家都去集中开个会,许春精神为之一振,就奔最大的那个防炮洞而去。

许春边走边想,以前全连一共四个小兵,他和夏满豆关系很好,薛金泉跟孙年顺最投脾气,可现如今臭豆子已经走了,顺子也没了,不知道将来能不能跟薛金泉成为老伙计。但愿吧!否则自己在其他老兵眼里就永远是个孩子,任何人都不会跟你交心的。不过就刚才的交流来看,老薛似乎并不热情,到底是因为哪个?单为了一个军号吗?还是由于自己一直当炊事员当得让人瞧不起?许春暗自下了决心,从明天起一定消灭越来越多的敌人,让大家刮目相看。正琢磨呢,就瞅见了一个熟悉的身影走来,他急忙凑上前去打招呼,然后肩并肩地走进了会场。

防炮洞里亮着两支蜡烛,地上燃着篝火,让所有人的影子看起来都是古怪摇晃的,像是一群原始人正在举行什么秘密祭祀活动。连福虎正在和伤员赵天生聊天,他们的谈话内容轻松愉悦时有笑声,若不是在这种环境里,光听音儿还以为是两个猎户在讨论各自的山货收成。

赵天生是全连唯一的富户出身,家族产业涉及皮货和药材,年少的时候就经常跟随父兄跑祁州①下辽东,见足了世面,也见多了苦难,慢慢觉得自己不是经营的材料,也没那份心思,偶然在街上遇见了打把式卖艺的一伙人,就一直跟着人家走南闯北,开启了另一段漂泊人生。再后来赶上十纵②南下,就报名参了军,等到全国解放部队北上,才终于顺路回家探了次亲,一转眼竟是八九年光景。彼时父亲已经亡故,家业颓废,几个兄嫂都怨他当初不辞而别,害得老爹满世界苦找,断送了性命不说,还毁了大好营生,十足的忤逆不孝,如今怕是想来分家产。赵天生内心苦极拔腿就走,立誓再不回来。

他老家是皖北的,跟着那帮登封人③闯江湖的岁月里又学了满嘴的河南话,两样方言交织成一个诡谲语种,让很多人听不明白,除非他肯一字一句地讲,要是激动起来语速加快,全连上下只有老连能勉强破译。

老连大声说:"生子你说慢点儿吧! 我这耳朵真是不够用了,白天让美国佬的大炮震个半聋,天黑了还要让你震! 是不是全天下的瞎子们都像你这样?"

听连长这么说,许春便和众人一起发出参差不齐的笑声。

赵天生前日就受了伤,被一枚榴弹炮崩瞎了眼炸掉了腿,能活到现在已经是奇迹。他本是三排突击班的班长,摸哨抓俘虏最在行,出手如电,腰里别一把刺刀,嘴上咬支匕首就能轻松袭杀敌人的岗哨,白刃战跟三四个人对拼也不落下风,是姜宝臣麾下的第一高手。

许春曾听夏满豆讲过一段传奇。话说打渡江战役那会儿,赵天生曾带着两个人泅渡到对岸去搞侦察,看看敌人有多少火力点和炮兵,可刚一上岸就瞅见两个岗哨在棚屋外抽烟聊天呢,老赵就只身摸到近前,借着黎明时分的那刻忽明忽暗果断出手,上去一手捂嘴一手拔出刺刀,就攮死了背对自己的那个,而另外一个几乎是吓傻了,还没顾得上叫唤,就被抛出的匕首戳中喉咙,让人想不到的是还有第三个敌人也在附近,老赵听背后有动静,翻身就扑到棚屋门口,果不其然,那个家伙正要从里面冲出来,手里还端着枪,老赵竟然劈手把枪给夺了过去,再顺势一掌打他个倒栽葱,最后是活活掐死了那个人。整个过程不到一分钟,而且悄无声息,等两名战友前来支援的时候,老赵刚刚结果了脖子上插着刀尚在地上挣扎的那个,他把匕首重新叼在嘴上的时候还滴着血呢,真正是刀口上舔血的人!

当然了,这段传奇臭豆子也是从三排那里听来的,虽然口口相传难免会有添油加醋的成分,但这件事一定是真的。许春对此也深信不疑,尤其他还知道,老赵别看在收拾敌人的时候凶残狠辣,动辄便是雷霆一击,可对待自己人却是异乎寻常地宽厚有爱,有时候甚至表现得很窝囊,就像个大家庭里任劳任怨的嫂子那么经折腾。

只可惜赵天生如今彻底成了废人,双目失明双腿尽断,真是苦人儿一个,幸好精神头还在,但凡有人接近,他就说个不停啥都打听,好像还能起到什么关键作用似的。起初大伙儿不忍心把三排全体阵亡的事情告诉他,不过老赵似乎有了察觉,因为再也没有人提起姜宝臣的名字,更没有三排的任何消息,他就直接说出来了,他说:"你们不说俺也能知道嘞,俺们排打光了是不?开玩笑咧,还有我嘞!"然后就闷声地笑笑,半晌不语。这个时候就算是最爱唠嗑的李疯子都要惧他三分,推说不是不想跟他聊,而是怕听不懂。

许春忽然想起忘了给他"排座次"了,这可实在是个巨大的疏忽,四连的英雄榜里老赵该是自成一家的,在任何比拼中都可以登峰造极。于是他就想到了一个神奇的角色——罗士信!"罗士信"绝对是《隋唐演义》里的另类,四猛之首,就没他不能打的人,只服从秦琼的指挥,水性好、武艺高、斗志旺盛、生命力也顽强,尤其具备逗乐的本事,真是越说越像了。

忽听赵天生说道:"老连你不知嘞,俺这腿断了倒不怕个啥,怕只怕将来碰见俺当年卖艺的弟兄,有个小子姓郭,天生就少一条腿,俺老拿他说笑,管他叫独腿的蚂蚱小蹦跶,这回俺也成了这个德行,可算叫他解气咧!"

连福虎笑道:"人家那是少了一条腿还能小蹦跶,你嘞?你俩腿儿全没啦,还能咋蹦跶?除非你那尿棒棒够大,杵一下往前一蹦跶!"

赵天生笑得岔了气,埋怨道:"老连啊你就糟改俺吧!差点儿让你把俺眼泪笑出来,俺这眼珠子都没了,可是不敢哭,一哭就杀得慌哎!"

众人听个半明白,也跟着嘻嘻笑,唯有马治国在一旁愁眉不展。

连福虎瞅见了就问：“老马，你咋了？咋也没个笑模样？”

马治国答：“连长，你就不寻思给四连留下点儿人？真就打算全耗光了？”

连福虎一愣，瞥了旁人一眼说：“那你说说吧，咋留？”

马治国讲：“你下午的时候还说过，让咱们转移到后面的高地上，进可攻退可守，怎么现在就非要死守在这儿呢？”

连长还没发话，王合果接过去说道：“老马，不是老连不想撤，战局瞬息万变咱也得随机应变不是？你说吧，就凭咱这二十来人，还有好几个带伤的，怎么去守高地？你下午看见远处了没有？三连那边山头都烧成火海了，想跑都跑不了，换成咱们去守山头我看也得那样啊！起码咱们现在这块地皮还算开阔，把人散开也能多扛一会儿不是？”

李疯子在一旁插话说：“就是啊！别看咱人少，可剩下的都是精华，依我看明天起码能顶到后半晌！再者说，咱们的大部队也在往这疙瘩迂回，保不定这一半天就能围上来！”

石春林道：“依我看，大部队来不来咱先不管，把指导员他们扔这儿我心里就是过不去，要死一块儿死呗，反正坑都挖好了，顶多最后一个没人埋算他倒霉。”

卫生员张实在也嘀咕：“就是，就是。”

赵天生忽然发问：“指导员也没了?!”

连福虎急忙朝大家使个眼色，含糊道：“都别吵吵，那个老马你把话说完。”

马治国说：“高地不好守，咱可以再找合适的地方，二连不是化整为零打游击呢嘛,咱也可以找他们会合啊,还是人多力量大。"

赵天生又问:"啥时候的事啊?"

王合果截过去说:"话是这么说,我也理解,可万一找不到二连呢?现在敌我犬牙交错,你知道他们在哪儿?"

李疯子附议道:"就是啊!靠咱们这点儿兵力就甭琢磨运动战了,没戏!"

石春林也说:"依我看要不咱就投票表决,要不就听老连的,瞎吵吵没用!"

赵天生把头抵在石壁上,长叹一声:"哎呀……"

马治国提高了嗓门:"四连生死存亡在此一举,连长也要以大局为重!"

"大局?谁不是为了大局?"王合果把嘴里叼着的一根草秆啐了出去,继续说,"难道还有人非想壮烈牺牲不可?四连能保存点儿实力当然好嘛!"

马治国据理力争道:"灵活才能主动,再这么耗下去想不牺牲都不可能,还谈什么保存实力?"

王合果嗤笑道:"灵活?那老马你负责背这几名伤员转移吧,我看看你能咋灵活?"

"你……"

众人忽然都肃静了,愣了片刻,就听赵天生满不在乎道:"我看司务长说得在理!大伙儿该转移就赶紧转移,别顾念俺们嘞,俺独个儿在这儿也不算啥,给留个炸药包就得咧!"

连福虎转向冯二杠,看看他会有什么意见,可二杠低头摆弄自己的那挺捷克式④,似乎并不关心大家的讨论。

忽然从一个角落里冒出了句话:"连长——我能说说吗?"

注释:

①祁州是河北保定安国县的旧称,因中药集散地而闻名全国,有"药都"的美誉。

②这里的"十纵"指的是华东野战军第十纵队,即此后的第九兵团。

③登封位于河南中西部,嵩山南麓,自古有习武民风,战乱年代人民流离失所,又恰逢河南饥荒严重,当地人多有出去从事卖艺行业用以糊口。

④捷克式由捷克于二十世纪二十年代研制生产,是"二战"时期中国军队使用量最为广泛的一型轻机枪,因其精度高、射程远、战场生存能力极强且便于更换枪管而获得作战部队的好评,并于大沽兵工厂和阎锡山辖区兵工厂等地进行过仿制,是我军从红军时期到抗美援朝战争,班排级步兵火力的绝对支撑。

十五

连福虎望过去,原来是理发员牛通达。大牛是天津宝坻人①,祖辈都是干剃头的营生,进了连队才发现还有"理发员"这个专职差事,干脆就重操旧业。这是个老实人,见了谁都客客气气的,可能因为服务行业的出身使然。

连福虎就笑道:"哟,大牛同志也要发言啦,行啊!"

牛通达满脸的不好意思,站起身来还一个劲儿地挠后脑勺,似乎有助于捋清思路,他先是打量了一圈,可跟谁的眼光一碰都会立刻弹开,像是参加了场债主见面会,好一会儿才开口说道:"那个老几位,我这人不会说话,有啥说啥,要是说得不对,欢迎大家伙使劲批评啊,那个刚才几位领导都表了态度,我听着都挺对,可是呢我也有自己的一个小想法,之前连长不是也说过嘛,营部的意见是让咱适当出击,那个咱也适当出击了,就算是严格执行了命令对不? 那个眼下呢,到底是死守在这儿还是马上转移,那个我觉得这些都不算啥问题,死守有死守的好,毕竟咱这儿防御工事还在,都现成,换个地方未必能守得住是吧? 那个转移也有转移的道理,毕竟说一千道一万,咱也扛不过明儿一天,所以那个……那个我的意思就是派个人出去,去联系一下团部营部,那个看看有啥新的命令没有,哪怕联系上兄弟部队也行啊,多少能有个协同,就算谁都没找着,那个起码还能活下一个对不? 也算咱四连最后的血脉,那个……嗯,对不? "

土合果苦笑道:"那个大牛你还说自己那个不会说话,我看那个数你最会说! 你那个是两头不得罪啊! 不过那个你倒是提出了一个对的想法,给四连那个留个后,那个这个我支持! 我看那个既然是你主动提出来的,干脆连长就那个派你去干那个得了! "

在众人的闷笑声中,牛通达连连摆手说:"我不去我不去我可不去! 那个成啥了?那个好像是我贪生怕死了一样,那个谁去都行,反正我不去,我听连长安排。"

马治国轻轻点了点头, 说道:"我也觉得大牛说得有道理, 连长你说呢? "

连福虎把嘴头上的烟用力嘬完最后一口,顺势一弹丢进火堆,说道:"要去也是派二杠去,他是一排长,就他能代表咱四连。"

冯二杠立刻用低沉的嗓音说:"我不去。"

老连坏笑道:"那个就都别去! "

于是所有人都开始沉默,不敢就这个话题再做议论,如此关头,任何一种声音都是敏感的,很容易让人产生其他联想,毕竟连长都没说要走,你总煽动又是何居心? 难不成打算毛遂自荐吗?

牛通达僵在当场,站也不是坐也不是,他这辈子都没在这么多人面前发过言,到现在心里还扑通扑通地乱跳,好不容易鼓起了勇气说了那么多的话,却遭受奚落,着实觉得羞臊无比。不过大牛毕竟走街串巷做过手艺营生,也算具备一定的社交实力,为了打破尴尬,他想了一下,忽然从兜里拽出一把唤头②来,在半空里拨弄了一声说:"那个谁要理发?"

李疯子咧嘴道:"都啥时候了还理个屁的发啊!脑瓜顶上有点儿毛儿起码还暖和!谁爱理谁理反正我不理!"

连福虎却说:"都理!这辈子最后一回让大牛给你们理发,你还不知足?再说咱都是干干净净来的这人世,要走也要利利索索地走!"

牛通达听了粲然一笑说:"那好嘞!那个谁先来头一个?"

见众人纷纷举手,李疯子没脾气地歪了一眼,起身拍拍屁股说:"这也争!就跟一群小鸡子闹着要拔毛似的!那我就排最后一个得了,我先出去透透气顺便查查哨吧!"

牛通达的第一个顾客是石春林,大林盘腿席地而坐,腰板挺得笔直,由于个子高大非常顺手,大牛宛如撞上个头彩,不由得手舞足蹈眉飞色舞,完全忘了刚才的尴尬,他一边挥动着剃刀一边问候道:"石排长,您老这肉皮可真叫一个白净哎!尤其是这自来卷,刮起来那叫一个顺溜!我要是有一阵子没给您刮我还手痒痒哪!"

石春林笑道:"他们都说我不像中国人,我倒是还想过嘞,要是能换上一身美国兵的衣裳再会说几句外国话,我就敢过去挨个儿把他们都扫光,就跟大牛你剃头一样痛快!"

牛通达啧啧赞叹:"就是就是!那个也省得咱们连在这儿费

事儿了！"

又闲扯了几句，石春林眼珠子往两边滚了滚，见众人都不再关注，他们就放低了声音问："大牛我问问你，你家里头还有人不？有媳妇不？"

牛通达也低声说："有哇，都有，那个石排长你想问啥？"

石春林又问："那你万一回不去了咋办？家里咋交代？"

牛通达轻飘飘道："还能咋办，那个再说也没啥可交代的，临出来的时候该交代的也都交代了嘛，既然当兵就有这个准备，那个其实……"

石春林小声追问："其实啥？你就说嘛。"

牛通达再次矜持起来，支吾道："其实那个，那个其实也不算啥，就有俩事儿忘了交代，那个我想告诉我大小子一句，以后可甭学剃头理发，净受人欺负，那个是下九流的营生，还不如老老实实当个庄稼汉。"

石春林打断道："都新社会了，哪儿还来的下九流？大牛你在部队当理发员这么久了，你说说有谁瞧不起你了欺负你了？"

牛通达如实回答："那个肯定没有，那个毕竟咱是革命军队，可走乡串户就不一样了，人们还是拿老眼光瞅人，尤其是那些富的横的根本不拿你当人，那个咱一手艺人要不是图挣俩活钱儿养家糊口，谁愿意当那个下三烂唉……"

两人正耳鬓厮磨嘀嘀咕咕，忽见老连站起身来，便停止了交谈。

连福虎伤口疼痛，忍耐多时已经有些烦躁，防炮洞里到处都是窃窃私语和各种难闻的气味儿也让他头昏脑涨，于是努力支撑起身体,朝洞外走。石春林急忙跟了出来问:"老连,你这是要上哪儿?"

连福虎摆摆手,示意对方不要陪护。他只想出来透透气,去跟指导员说说话,然后再看看漫天的星斗。最后一夜的星空都是迷人的,不看可惜。

石春林只好返回重新坐下,继续方才的话题问:"还有一个呢?"

牛通达见连长走了,更心无旁骛,就附耳说:"那个我想给媳妇也带个话儿呢,要是我死了就让她趁早改嫁,邻村有个跟她一块儿长大的男的还光棍儿呢,那个过去吧老有人跟我说就是等着她呢!以前我也是想不开,怕她跑了,要么就是怕她给我戴个绿帽子,那个我呢就没命地让她给我生孩子,让她闲不住,唉,我这人真是操行不好!其实我媳妇人厚道着呢,那个是我多心了……"

石春林好奇地问:"你生了多少呀?"

牛通达伸开巴掌:"那个五个!"

石春林傻笑道:"大牛真有你的,你也就二十六七吧,你媳妇——唉!"

牛通达挠挠后脑勺,害臊道:"那个我也早就后悔了,五个都没爹也是造孽唉,不过后悔也没辙了,只求她能改嫁得了,那个也算我最后成全了他们吧。"

石春林叹口气问:"她带着五个孩子好改嫁吗?人家愿意收?"

牛通达结束了手里的活儿,一边擦抹剃刀一边幽幽地说:

"愿意，那个我临走之前去邻村看了那个男的一面，一看就是老实人，那个石排长我不是跟你吹，我遇人无数，看人不会走眼，而且我还专门打听了一下，那还是个孝子呢，他有个叔无儿无女也是靠他照看，这种人心眼儿都实诚，那个我也就踏实了。"

石春林点了点头，问出最终想要问的话题："你打算咋给你媳妇带话儿呢？"

牛通达黯然道："信是写好了，那个咱连长……"

石春林忽地站起身，抬手胡噜胡噜脑袋上的碎头发，嘱咐道："有信就行，你备好了随身带着！"

牛通达似乎有所领悟，连连点头说："好嘞好嘞，那个我先谢谢你石排长。"

石春林走出两步又转回身，俯视着对方说："大牛听我说，我会尽力去做老连的工作，做得通大家都能给家里捎个信，做不通我也想法儿把你的信送出去，就凭你那五个孩子，就凭你今天跟我说的这番话，够爷儿们！"

牛通达就涌出了泪水，连声"哎哎"。

石春林大步走出了洞口，小风一吹，透皮地冷，于是赶紧把帽子捂上。必须要找老连谈谈了，明天八成要死，死之前怎么说也得把指导员的信设法送出去，否则姐这辈子都没得念想了。要是老连铁了心拒绝，他宁愿今夜就铤而走险，反正命都不在乎了还在乎啥？尤其是刚才和大牛的那通交谈，更激发了自己的决心，兄弟们舍命一场，难道最后连封信都不能留？全连就剩下这么几个人了，再不给机会真的就没机会了！像大牛这样的，如果能带个话儿给家里，了却他的心愿，有啥不对的？这就是积德！他媳妇拉扯着五个孩子呢,农村妇女的那套贞洁道德谁还不明白啊,要是没个准信儿未必会同意改嫁,这不是毁人嘛!

此时此刻,石春林首先想争取下老连,同时还要预备好第二个方案,对,他需要找到一个合适的送信人选!哪怕是违抗军令,他一人承担。

注释:

①天津宝坻自古以出剃头匠闻名。

②"唤头"为传统剃头匠走街串巷使用的一种响器,外形如同一把铁夹子,用根铁棍在夹子当中猛力一划,便能发出悠长的嗡嗡声不绝于耳,是中国旧时广为流行的民俗器物。

十六

连福虎缓慢地来到后坡上,远远就见一个人在吭哧吭哧刨地,走近了才看清是李疯子,于是问:"疯子你干啥呢?"

李疯子继续挥动着镐头用力挖掘,嘟囔着:"我得换个地方!我得换个离愣头青远点儿的地方!我可不想挨着他太近!"

老连乐了,问:"大半夜地出来给自己刨坟,你这不是撒癔症吗?"

李疯子却认真地回答:"指导员说过,干啥事都得经心,所以我一琢磨不行,万一有下辈子呢?我这辈子跟他一个连队那是没招儿,下辈子可得离他远远的!

老连佯装不满道:"这么说你小子下辈子不想待在四连啦?"

"那倒不是!反正不想跟他照面了。"李疯子丢了镐头躺在坑里试了试,似乎不够深,又跳起来抄家伙继续刨,接着嘀咕道,"我得挖个深的!我得挖个宽绰的!我得挖一个最气派的!"

老连笑呵呵地问:"那你挖好了不怕让我给抢了?"

李疯子一怔,仰脸问:"你不是那样的人吧?"

老连点上支烟,蹲下喀了两口才说:"这么着吧,我看,咱俩明天谁先完蛋谁就先占咋样？"

李疯子笑道："那行！反正肯定是我先走一步，谁让咱是排长呢！"

老连点点头说："但愿吧，但愿咱们不管谁先谁后，最后能用上就行了。"

李疯子瞥了他一眼说："也对！别当老末就成！哎老连，这儿没旁人咱就私下说，你还真想把大伙儿都撂这儿了？刚才老马其实说得也在理啊，你就真不想给咱连留个后？以后先不管四连能不能重建吧，至少也有个人给咱宣传一下大无畏的革命牺牲精神嘛！"

老连四下里望了望，才说："你们都能想到的事儿我会想不到？唉！我不是也犯愁嘛，让谁去不让谁去合适呢？这种事直接指派不好，肯定有人会有意见说我偏心，可你真让谁自告奋勇，他们又都一个个的不吱声了，都是成心的。"

李疯子忽然停下，仰脖看了看漫天的繁星，然后用一种异常客气的语调说："连长，你看我成不？"

"啥？你想走？"

"嗯，成不？"

"成！怎么会不成？你都开了口了，我批准！"

李疯子笑眯眯地瞅着对方说："有你这句话我就知足了，行嘞！这辈子咱没跟错了人！"

老连呵斥道："兔崽子就知道你拿我寻开心！"

"嘿嘿嘿！"李疯子继续刨地，一顿一顿地说道，"我哪儿也不去，我才没那么傻呢，说是放生，不定半道又遇见啥呢！依我看，还是跟着大伙儿好，一块儿生，一块儿死！"

老连点点头问："那你就帮我参谋参谋吧，让谁走人合适？"

李疯子不假思索道："老马、春子、金泉，这仨都合适，你定！旁人都不会答应的，你就放心吧，我太了解这帮家伙了！"

老连思忖道："春子就算了，我看这小子劲头正足呢，应该不肯走，老马嘛也难说，要说泉子还凑合……"

星空之下，司号员薛金泉特别想念挚友孙年顺。

在以前，两个人虽同龄却口音迥异，经常听不明白对方的话，严重阻碍了最初的交往。后来之所以能结成挚友，是因为孙年顺手特别巧，爱鼓捣东西，刚来连队的时候，司务长给这个瘦弱小兵派发的是一支全连最破的枪，这枪和他的年龄差不多，从欧洲到远东历经恶战①，不知道换过多少主人。枪身斑驳零件松散，口环裂了刺刀挂不上，枪栓卡簧只能用脚蹬，连准星都是歪的。不过孙年顺倒没乎，一路跟着部队打仗一路拾掇这把枪，每次打扫战场的时候都会瞪着一双小黑豆眼四处踅摸，寻找合适的零件和可用的工具。这把烂枪被他视作性命，谁都不让碰，当然谁也不想碰，正如他的身世一样没人了解，更没人想去了解，反正一看就是苦孩子。

直到上海战役结束，孙年顺的这把生命之枪才算大功告成，不单击发顺畅，准头还特别足，在他用两只细得像筷子一样的手臂操作下完全不费力气，甚至在排里还一度威胁到射手陈景文的地位。为此陈景文专门找过他，要试试那把枪，孙年顺死死抱着不给，就像贞节烈女面对绑匪，搞得陈景文哭笑不得，放了一连串的响屁。

枪是获得了新生,可仗似乎没得打了,这个入伍还不到一年的新战士立刻失去了人生方向,于是乎调整舵盘热心参与公益事业,一天到晚跑着给人修枪做保养,夹带干点儿缝缝补补的女红活儿。他这么做,纯是不想被裁编,有些老兵因伤带病就被遣送回家,一个个摘掉帽徽上交枪械胸口别上大红花哭得稀里哗啦跟傻子似的,说走第二天人就没了,他可不想这么被"光荣"一下。再有就是听说有些单位,大到纵队小到连队,说整编就整编,说合并就合并,说取消番号就取消番号,作为底层士兵,尤其是那些没家没业的,都感觉人人自危,最怕的就是听见有人招呼:"连长喊你去一趟!"

理解当然是理解,全国都快解放了,要不了这么多部队,数百万之众一天到晚人吃马喂的,谁当家都得计算柴米。可是呢,不管打不打仗,军队是必须要有的,所以做一个对团队有用的人才有可能被留下。孙年顺是这么想的,薛金泉同样也是这么想,于是两个志同道合的人终于走到了一起。他们在一所教堂里举行了密会,共同谋划美好的未来。

之所以来教堂,是因为这儿落了一发炮弹,把告解室炸了,幸好当时没人在里面进行忏悔。不过可把牧师吓坏了,找到部队去抗议。连福虎第一次搞外事接待,没经验,再加语言不通,只好让身边的薛金泉去请指导员。没承想丁捷来了也不行,他的俄语显然无法与一名美国牧师实现良好的沟通。

后来经连福虎的实地考察得出结论,这是一发舰炮打来的[2],所以理应是国民党所为并承担一切民事赔偿责任,可牧师却不这么看,跳着脚嚷嚷,就是想表达"谁赢了谁买单"的意思,连福虎本着"不跟孙子一般见识"的心态答应维修,却不料那牧师又进一步提出了苛刻的条件,希望解放军赔偿教堂里的那架管风琴,因为它也被弹片击中了。

连福虎十分恼火,真想 ·枪崩了他,可又怕上头怪罪下来,毕竟修东西比修人相对容易些,索性照单全收。此后他对美国人就一直处于缺乏好感的状态里。在指导员的保举下,孙年顺和薛金泉被派往修琴,当两个年轻人接受这一任务的时候,均露出非常惊讶的表情。老连却说,一个手巧,一个会吹号,所以你们俩去最合适。两人对视一眼就去了,都觉得不可思议。这就好比让一对相声演员去做学术报告。

不过他们干得还算有声有色,甚至有说有笑,经过三天的朝夕相处,他们逐步突破语言障碍,成为无话不说的两个人,也为此后的友谊打下坚实的基础。事实证明,让两个相对陌生的人去干一件同样陌生的事,往往会产生意想不到的结果。孙年顺发挥热爱钻研的特长把管风琴完全解体,并准确地找到损伤的部位进行了修缮,弹片很小问题就不大,但当他干完这一切工作之后才发现问题是真的来了。

一架普通的管风琴,光是音管就有一千多个,整个教堂都被铺满了,拆开容易组装难,后来打听明白人,得知当初安置这架琴的时候耗时近半年,这才晓得惹上了大麻烦。此后几天,他俩都被巨大的凄凉所笼罩,惶惶不可终日。如若撂挑子不干,势必被部队所严惩,开除军籍自不必说,就算被枪毙十回也不冤。

通信员夏满豆还隔三岔五地过来打探,上来总是这么一句："老连问你们俩啥时候能完活儿？"

薛金泉总是这么答："这是细致活儿，急不得。"

夏满豆又问："听说还要去打仗，你们俩咋办？"

孙年顺就答："只要连长下命令，我们随时可以去。"

夏满豆狐疑地问："那这琴该咋办？"

薛金泉便答："我们哪里晓得。"

日复一日，两人在教堂里厮守，最渴望听到部队将要开拔的消息，可始终没有。慢慢地，他们也就习惯了，虽说半点儿盼头全无，可至少还能有吃有喝，而且似乎还有件永生也干不完的差事。这就好比一对原本打算周游世界的旅人，不幸被岛国土著给逮住，从此便开始了囚禁生涯，貌似遥遥无期，但只要不去畅想美好生活，其实也能勉强接受。于是，在这种较为良好的心态呵护下，事情终于迎来了转机。

上海战乱平息，生态逐渐恢复，一些犹太人听说这个事情觉得很感动，纷纷过来援助，这其中就有乐器方面的行家③。那名美国牧师也只得睁一眼闭一眼地瞅着异教徒们进进出出。

三个月过去，管风琴被重新立了起来，在洪亮的乐曲声里两个小兵仓皇逃走。归队后，老连吃惊地说："呀，你们都长这么高了！"

这件事每次想起来都觉得很惨烈，还很神奇，既虚幻又真实，只有两个人追忆的时候才会一同窃喜，而当一个人独自回想之际，却成了痛彻心扉的往事。

注释：

①解放战争中我军士兵使用的武器种类繁多、来路复杂，多为日本、美国、英国、苏联生产的"万国牌"，编制良好的部队以苏制的"莫辛纳甘"步枪居多，属于苏军淘汰的"二战"武器。

②1949 年 5 月上海战役中，国民党军汤恩伯部死守城防，曾调集 12 艘军舰炮击我军在浦东、吴淞的阵地，解放军突破外围防御后，为保护公共设施和民用建筑，基本放弃使用火炮攻坚，为此伤亡很大。

③"二战"期间约有 2.5 万犹太人来上海避难，1948 年后开始逐渐离开，但仍有少部分人选择留下。

十七

此外,薛金泉还能牢记一件事。

部队北进的路上,有天晚上孙年顺忽然对他说:"我想好以后咱俩干啥了,等仗都打完了咱俩也申请复员,省得老连再让咱们去修啥,复员以后呢咱俩就回昨天路过的那儿吧!那个村里的老乡都挺好的,也欢迎咱们去呢!对,当渔民,天天下海打鱼去!我觉得咱俩做一条船出来该不是啥问题,打鱼慢慢学也该不是啥问题,问题是你肯不肯跟我一块儿去啊?"

薛金泉回答:"肯是肯的,不过我也舍不得离开咱们连啊!但是老话说得也对,铁打的营盘流水的兵,咱们早晚得走人是吧?那行,就听你的,反正咱俩也算走南闯北四海为家,要是地方好,咱就留下。"

"一言为定!"

"嗯,一言为定……"

而此时的薛金泉独自坐在弹坑里,反复想着那个小渔村的模样,可总是模糊,这让他非常痛苦。这痛苦就如同独自面对一架被拆散了的管风琴一样。

他只好停止回忆,去抚摸那支老步枪,继而瞅着刻在枪托上的字,竟然越来越清晰了,于是一边嚼着巧克力一边抬起头仰望夜空。满天的繁星在寒风中闪闪发光,如银似钻,让人觉得意外,如果不是现在特别留心,真的很难想起曾经看到过这么明澈的星空,薛金泉禁不住自言自语道:"真亮啊……"

这个晚上无眠的人注定不只一个。理完发之后,许春和韩学生一同出来,并肩朝住处走。目前的炊事班就剩下他们两个了,虽然平常的时候交往不深,可也到了相依为命的地步。他俩是一块儿来的也就一块儿走,走着走着就不约而同地提出了质疑——哎?老连招呼大家来开会,结果也没说啥啊,这算是开得什么会啊?

韩学生想了想说:"我能猜到一点,就是不知道对不对呢?"

许春问:"那你倒是说说看?"

韩学生说:"我猜老连就是想把大家招呼齐了,最后再聚聚全,然后听听大家还有啥可说的呗!"

许春失望道:"那又能知道哪个?"

韩学生却说:"也都说了嘛,司务长和大牛不是都表态了嘛!"

许春被冷风吹得眯起了眼睛说:"可老连都没通过不是?"

韩学生点点头若有所思道:"我猜老连也是为难,不晓得该让谁离开好呢。"

许春打了个哈欠说:"你忘了吗,他说让冯排长走,可冯排长不走,那就都别走了呗!"

韩学生忽然问:"春子,你想不想走?"

许春使劲地摇头说:"我可不走!坚决不走!我要和老连战斗到底,我还要保护他嘞!"

韩学生笑了:"就你还想保护咱连长?他护着你倒是真的,一直是这样,连里全知道呢!"

许春不屑道:"这你就不晓得了吧,我跟司务长都说好了,明天就去前线战斗!说起来你肯定不信,我今天还打死一个敌人呢,而且是最厉害的那个。"

韩学生却不以为意道:"那又怎么样呢,我当初还和老班长一起炸掉过敌人的地堡呢,天晓得里面死了多少敌人!"

许春最不喜欢跟他抬杠,一抬起来就没完没了,特别没意思,于是懒洋洋道:"那好吧,就你厉害好了吧?"

韩学生知道对方又来消极抵抗那套,本不想继续说下去,可又觉得回去也是睡不着,而且今天再不多说几句,以后怕是没机会了,所以只得耐住性子说:"老许啊,我不是那个意思,你莫误会,我其实是想说老班长厉害,你看他今天还干掉一辆坦克呢,对不?"

许春已经彻底兴致索然了,深知某些人是根本没法交朋友的,最多当个熟人,而且不能多说话,一多说就会钻进死胡同,最后不欢而散。就像冯排长跟李排长那种情况,要说也没有深仇大恨,可就是彼此讨厌,话不投机,尿不到一壶里去,这是改变不了的现实。

韩学生见对方不哼不哈的,也就放弃了橄榄枝,干脆迈开大步往前走,想抢先一步走进炊事班的防炮洞。但快要到了的时候,壕沟旁忽然冒出个人来,几乎吓了他一跳,可从身形来看便知道应该是谁。于是就问了句："石排长？"

石春林"唔"了一声说："你们才回来啊？"

许春也凑合上来打招呼："我们俩是最后理完的，石排长咱进去说吧！"

石春林摆摆手道："不进去了，我找生子有点儿事。"

许春低声应了，虽然有好奇心却又不便打听。

韩学生则显得精神抖擞，爽快说道："那咱到后面去说吧，石排长！"

望着渐渐消失在夜色中的背影，许春觉得自己很不受重视。韩学生是给养员，论职务比自己要高，但无非也是个炊事兵，充其量属于资格老点儿。所以也不拿他当回事，反倒觉得自己在"上进心"方面要略胜一筹。因为韩学生对打仗半点儿兴趣也没有，还死活不承认胆小，用他的话讲"战场不分兵种"，这不是开玩笑嘛，谁听说过有炊事班充当敢死队的情况？

许春只得钻进洞里，点了根蜡烛，又重温了一遍狙杀经过就不知不觉犯了困。后来听见韩学生回来的动静，似乎还有想跟自己聊点儿啥的意思，他也努力不让自己醒过来，并成功地保持到确实睡着了。

天蒙蒙亮的时候，连福虎召集了最后一次全连动员会，包括伤员都被集中到了一起。看着一个又一个熟悉的面孔走进防炮洞，老连差点儿没忍住掉泪，他努力龇牙露出一丝笑容，让二杠负责清点人数。

二杠既尴尬又伤心地说："连长，就不用清点了吧，全连都在这儿了。"

老连却说:"让你清点你就给老子清点——报数!"

二杠环视一圈,大声说:"报告连长,四连应到125人,实到18人,除留一人值哨全部到齐,报告完毕!"

老连把脑袋缓慢转动了两下,质疑道:"不对吧?昨晚上我算了一下还有20整呢,怎么一宿的工夫又少了一个?是哪个王八蛋偷摸跑了?"

二杠说:"那不会吧,反正能喊来的我都喊了,别的就不知道了。"

这个时候,一个微弱的声音传来:"连长,是小号兵没了。"

老连扭身看去,是赵天生,正歪在角落里摩挲着地面。短短一宿的时间让这个老兵不但失去了全部锐气,甚至连说话都困难了。失血过多缺乏止疼药是每个志愿军战士在负伤后都会面临的艰难考验,重伤不治的人占多数,有些人甚至会因此选择自杀。

"老赵啊你一个瞎子咋会知道缺了谁?"老连问了一句,同时朝张实在递眼色,卫生兵却摇了摇头,昨天从敌人身上缴获的吗啡早就用完了,毕竟有四个伤员呢,隔一会儿工夫就会疼得哼哼,其中一个把槽牙都咬碎了。

赵天生已经把答复的力气准备好,他说:"俺是瞎,可俺不聋……你们谁听见起床号了?"

老连一怔,确实!可又转念一想,或许还有其他的可能。不料,司务长也验证了同样的说法,马治国有气无力地讲,司号员确实走了。

连福虎有些难以置信,薛金泉没道理啊!那么年轻没伤没病的,咋就走了呢?但他也知道这已然成真。望着眼前失魂落魄的老马,也着实替他难过,不到两天而已就失去了大半个后勤队,快成了彻头彻尾的光杆司令,这对于一个极少正面介入战争的人来说,多少有点儿残酷。老连就问:"老马,你说泉子他怎么啦?"

马治国考虑了一下措辞,才抬起头说:"连长,应该是冻死的吧,刚才我来的时候已经看过了……"

连福虎的心被扯了一下,立刻说:"他在哪儿?我去看看!老马,你和王文书负责统计一下大伙儿手里的武器弹药,平均分配一下,等我回来再接着说!"

在许春的指点下,老连和二杠一前一后找到那个散兵坑,见到了这具年轻的尸体。此刻晨雾尚未散去,寒气袅袅,薛金泉周身被笼罩在一片祥云般的氤氲中,他保持侧卧身体蜷缩,像个刚刚脱离母体的婴儿,只不过睫毛和发梢都挂满了霜花,嘴唇上青紫色的冻疮瘢痕异常触目。

二杠打破沉默说:"他,是自杀啊……"

老连瞥了许春一眼,跃进坑里,仔细看了片刻才道:"咱们以后没吹号的了。"

二杠也靠了过来,指点着说:"你看,这小子居然把棉袄脱了,那不冻死才怪,哎?他拿这棉袄裹着啥呢?"

老连早就注意到了,于是两人合力去拽,但是因为死者抱得太过紧密,以至于只能扯出棉袄里的那支步枪。

二杠端详着枪身说:"这不是孙年顺的那支枪嘛,这小子拿棉袄裹着它干啥?"

老连审视片刻,自言自语道:"这小哥儿俩可算又处到一块儿去了。"

二杠不满道:"要换成是我,我他妈就算跟敌人拼了,也不会这么糟践自己!"

老连嘴角抽动了一下说:"你把他埋了吧, 就埋在顺子旁边。"

二杠点头,把枪背在身后,去拽尸体。

老连爬出土坑,俯视道:"还有,这支枪也一块儿埋了吧,它不是顺子的命根子嘛,咱都成全他。"

二杠"嗯"了一声没说话,他知道如今的老连已经不再是以往的那个老连了,自打丁捷没了,老连的身上就多了指导员的魂儿。

十八

许春本打算安慰老连,但忽然觉得自己更需要被安慰。昨天夜里他还跟薛金泉聊天呢,而且就在这个坑里,区别只在白天黑夜,怎么才一宿的工夫人就没了呢? 尤其是冯排长给出的自杀结论,更叫他难受得不得了,是的,这个结论毫无问题,任何人都能看得出来,只是想不明白老薛为什么会这么干呢? 难道因为自己说了什么让人家不高兴的话? 还是错误地传递了叫人绝望的消息? 该是没有的! 就算有也不过是一星半点儿吧,构不成最大的动机。

他揉了揉冻得麻木的脸,努力做了一番回忆。他确实和老薛讨论过挖坑的事情,商量谁跟谁埋在一块儿才好,这也不算是要命的事吧? 全连都执行了,唯独老薛没去挖,这是不是说明他早就有了轻生的想法? 对的,他怕死,怕死无全尸,盼着跟顺子做伴呢……

许春本想给冯排长帮忙,搭把手去抬尸体,可不知怎的就是动弹不得,眼睁睁瞅着老薛像条冻鱼一样被拖出坑外,自己竟然也像被冻住了。他特别想哭出来,又怕眼泪会结成冰溜子,就只能努力把眼睛睁大,于是在不经意间摆出了一个恐惧的表情。

连福虎抬起头望着他说:"吓坏了吧小家伙? 赶紧回去得了!"

许春摇摇头又点点头,意识到最有可能成为老伙计的人已经没了,他不会再有朋友,哪怕只一天。

老连又说:"回去之后别多嘴啊! 刚才看到的听到的都不许跟别人再提!"

许春点点头又摇摇头,认为自己该转身了,于是又朝坑里瞅了一眼这才转身离去。他走起路来跌跌撞撞的,身不由己,这让他有点儿恼火和不安。恼火是因为怨自己少见多怪,明明都看到过那么多可怕的战场生死血肉横飞,不该再去害怕一个平静死去且熟悉的人。不安则是因为刚才看到的某个细节,老薛的那条薄被叠得那么规矩整齐……

返回防炮洞的路上,连福虎的心里隐隐作痛,满脑子都是当初在上海驻防时候的光影。正是他让那两个小家伙去修教堂,还修什么破风琴,明明就是赶鸭子上架的事儿,明明就是口音不同一南一北驴唇不对马嘴,可偏偏就让他们成了寸步不离的弟兄。曾经寸步不离,如今生死相待,这世上没法子的事儿实在太多了。而自己究竟是成全了谁还是毁灭了谁?

连福虎在彻骨的严寒中不屑地笑了,以至于后来笑得直打哆嗦。你们一个个的都挺会算计啊,拿自个儿的性命做押宝①,晓得如此便会留下全尸,就知道我最后会心软,就知道我肯定会遂了他的愿,咋就没人帮我算算后面的事儿哪……

立在土丘上，缩着脖子揣着手四下里张望，连福虎觉得眼前的一切都很陌生，这还没两天的工夫呢，好好的阵地就成了这副德行，到处都是坑坑洼洼和烧焦的泥土，到处都是炮弹皮和枪支零件，到处都是来不及收拢掩埋的碎肉和人体器官——或长或短的手指头、带着牙齿的下颌骨、连着头发的耳朵、沾满灰土的眼珠子还有一坨坨的内脏，就那么堂而皇之地散落着，竟然都不那么触目惊心了，好像那百十人一块儿合计好了，拆散了混到一起，等着他们的连长来重塑。

透过鼻腔里呼出的热气，看到更远的阵地上则是迷茫一片，是雾，也兴许是霜，反正一股一股地飘动，裹挟着最冷的地气。他想，要是晌午前还不开打，就让大伙儿都出来拾掇拾掇吧，眼前老是血呼啦的玩意儿会让人变得麻木，人一麻木了就离完蛋不远，也别管谁是谁的了，就近找个坑埋了，等到了阴间再自个儿凑零件去吧，都凑巴齐了就又是一个四连。

走到防炮洞口的时候，老连再次想起了昨晚上大林找他说过的事儿。石春林显然是有备而来，所以话虽然不好听，可情绪控制得还不错，算是给足了他这个连长的面子。他倒不是怕发生哗变，怕的只是冷了弟兄们的心，于是给出一个近乎明确的答复。眼下更是觉得大林是对的。

于是他进了洞便说："大伙儿都听着！说个正事儿啊，我之前呢，是说过写遗书就是怕死这话，现在这话不算数了！"

所有人正围着一堆火吃他们最后的早饭，忽听连长这么说，都愣住，不晓得后面还有什么意想不到的内容。

老连讪笑了一下又说："怪只怪我老连想不通嘛，不通人情世故,所以说遗书该写还是要写,愿意写大伙儿都随便,既然命都交代给咱了,咱总得让你们各自的家里人留下点儿啥吧?"

人们含着炒面的嘴都恢复了咀嚼,纷纷露出笑容。

老连又进一步指示道:"想写点儿啥的都去找老马吧,找春子和王文书也行,咱们连的四个秀才还剩了仨,说明有文化的确实命大,哈哈!"

石春林立刻从怀里掏出一封信,递上来说:"老连,我这儿有封信,早就写好了,你给我拿着吧!"

老连郑重接了揣进兜里,刚要去拿自己的茶缸打算也吃点儿东西,不料所有人都从怀里摸出了信,几乎不约而同。他一怔,随即发出一声马嘶般的长吟:"咿——真有你们的!"

在众人的轻笑声中,马治国立正说:"报告连长,刚才弹药统计过了,也分配妥了,步枪弹每人平均 9 发,手榴弹够不上一人俩了,冲锋枪还剩下 10 个弹匣,全是昨天缴的,机枪都在前面架着没统计,我问了一下估摸也快光了,另外 60 筒有 5 发,92 炮有两发,炸药包 3 个,燃烧瓶还剩一箱,就这么多家当了。"

老连点点头:"凑合用!要是能扛到天黑,咱就再派人上去收点儿敌人的去。"

大家纷纷点头,可每个人心里都清楚,别说这么点儿弹药了,就算一人一挺机关枪随便打,眼下在场的所有人都甭想见到今天晚上的星星了。

忽听赵天生开口说道:"老连,俺求你个事儿呗,给俺留个炸药包吧。"

"你要那个干吗……行,那就留一个。"老连边说边把大伙儿的信件都归拢到一块儿,拿眼一扫,心里就老大的不舒服。看字迹就知道是谁的代笔,有丁捷,有许春,还有王文书,合着这三位早就串通一气了啊!他找了个望远镜匣子使劲塞进去,然后走到马治国的面前,一递,"老马你拿着吧,你负责把大伙儿的信送走。"

马治国愣了一下问:"我送走?!"

所有的人都停下来,静静等待连长的解说。

老连咳嗽了一声说:"咱四连总得留个人吧? 留个送信儿的,不单是送咱们的私信,还得向营部团部报告咱们这边的情况呢,对不? 所以我决定派老马去,原因有两个,第一,老马没正经上阵打过仗,有他没他都一样! 第二呢,老马毕竟识文断字,能活着就不会耽误了大伙儿的事儿,他肯定能把你们每个人的信都送到位,你们说是不?"

一些人就点头。

老连忽地补充道:"我他妈怎么也这么婆婆妈妈的了! 让谁去谁就得去!"

马治国却平静地说:"连长,我不去。"

老连一哽,疑惑问道:"你说啥? 你凭啥不去? 给四连留人不就是你提出来的吗?"

马治国喝了口水,把嘴里的东西努力咽下去,才说:"我不去也有两个原因,第一,这儿我最年长,把兄弟们抛下自己逃命,这不是骂我又是什么? 第二,我本来就是投诚过来的败兵一个,现在你让我再一次离开自己的队伍,我就算能活下去,活一百岁,我这心里能踏实吗?"

连福虎万没想到对方竟会这么振振有词,想予以驳斥又一时找不到更合适的理由,毕竟,大伙儿都瞅着呢,总不能人家不想去还硬逼着吧?要说这堆人里有谁怕死,他绝对不信,可他绝对相信有人想活下去。

只听马治国又说:"此外还有一个原因,我是军人,忠义勇信不能违背!连长说我没上过阵,我认,但我马治国保证上去之后就绝不会含糊,我得替宝臣老苗他们报仇啊连长!"

这话一出,掷地有声,所有在场的人都纷纷点头,就连刚回来的二杠都露出意外的表情,当即表态说:"老马,今儿个咱俩就个伴!"

李疯子呵斥道:"你个愣头青甭赶这儿瞎掺和!今儿个我来跟老马就伴!我就稀罕他,不怕他拖我后腿,我这冲锋枪归他使都行!我那个坑归他使都行!咋样啊老马?"

马治国含笑点头:"李排长,那咱俩就搭档一把,你的冲锋枪我不使,坑我也不用,反正我尽量不会给你拖后腿!"

李疯子笑呵呵扫了二杠一眼说:"老连,我倒是觉得还是该让一排长去负责送信,我就寻思呢,他腿脚利索跑哪儿疙瘩都快,派他去送信老对付了!"

二杠并不理会,找个旮旯一坐,开始吃东西。

连福虎其实还真心接受李疯子的提议。把二杠留下,不失为一种最佳选择,毕竟这位身上带着四连最根子的东西——死战不退,绝地反击。不过他也明白二杠不会同意,昨天已经表了态,你真逼他离开没准儿他敢立马冲向敌阵。可该派谁去好呢?他瞅了瞅在场的每一张脸,竟再无一个合适人选。

寂静中,却听有人在旮旯里说道:"老连,让我去行吗?"

注释:

①通常战士们会被教育禁止自杀,这种不光彩的行为极易动摇军心,即便身处绝境也不提倡,除非在战至最后拒绝投降之际。仅对重伤员不予以追究。

十九

老连瞅了瞅那个人,又瞅了瞅大家,才问:"你去? 也行啊,可你得说说你为啥要去? "

发言的人正是韩学生,炊事班的给养员,蔡老苗的左膀右臂,在连福虎眼里这个人平时话特别少,一旦开口就犯紧张,像个大姑娘似的容易脸红,不过这是一个有头脑的人。

此时的韩学生虽然脸红尴尬,不过还是一五一十地讲:"连长,你现在让谁去谁也不会答应的,把弟兄们抛下的事儿除非脏了心眼子的人才干得出来! 明摆着这是一条活路,这谁心里都清楚是吧? 按理说这差事本该让臭豆子去,人家是通信员,可豆子不是没了嘛,所以我就主动点儿吧,反正也得有人去。还有就是豆子跟我说过,他每次去送信慢慢地发现了一条小道,这条道僻静没敌人,虽然绕点儿远,可也能通团部,具体怎么走他都跟我说过。"

老连看看大家的反应,点点头说:"既然就你知道那条道,那就让你去得了。"

韩学生左顾右盼,还是有些不安地说:"大伙儿可别多心啊,我送了信就回来,该干啥干啥,快的话我估计下午就跑回来了。"

几个人便七嘴八舌道："我们多啥心啊！你去最合适！最好能跟团长政委说说，再补点儿人上来更好啊！"

许春心里却老大不痛快，可以啊给养员同志！都敢自告奋勇去送信啦，怎么从来没见过你主动申请去突击队呢？尤其还提到夏满豆的事，好像跟人家关系多铁似的，那还不是因为我跟他说起过臭豆子知道有条小路，他才跑去找人家打听了嘛！现在反倒都成了他的有利条件，好不知羞！看来昨晚上石排长找他说的就是这个事情了，但是石排长为啥瞧准了他呢？这个还真是不好理解，或许也觉得他不会打仗就是个累赘吧？嗯，估计是！

念及此处，许春反而不窝火了，既然自己无心离开，也就不会去嫉妒。而且老实说，就算他韩学生躲得过这次战斗，难道还能逃得过下回？仗是不好打完的，老天爷想让谁活多久谁又能知道呢？所以不妨还是祝福他吧，能把大家的信都顺利送走也是好事，嗯嗯！

许春把目光从四处撤退回来，开始细心摆弄自己的枪械，一边收拾一边又不免黯然地想，我的信能不能寄到家里去呢？阿爷看到之后会不会很伤心……

老连忽地一招手说："生子你跟我出来！"

韩学生于是跟到外面，知道连长肯定有话交代。

老连把望远镜匣子挂到对方的脖子上，从头到脚打量了一番才说："生子，你走吧，听我说，别回来，记住！"

韩学生立刻就掉了泪："可我得回来……"

老连一瞪眼："屁话！老子让你别回来你就别回来！这是命令！"

韩学生哽咽道："我……老连你让我一个人以后怎么活着？"

"怎么活着？好好活着呗！到了以后就知道怎么活着了。"老连仰脖看了看灰惨惨的天，又低声说，"生子，你小子能主动站出来要求去送信，这就等于也解了我的难，眼下谁还不明白啊，留下的只有死，都说不怕死，可都知道活下去更好，要不然人早死光了仗也早打完了！这人啊有一个算一个都那么回事，我心里明镜似的，你小子既然能出去，就是咱们连唯一的指望，传扬出去也得说咱四连都硬气，也没叫人全干光，以后就有重编的希望你懂不？话又说回来，但凡能有一个活口，也叫咱这一百来号人没白死，知道咱们是怎么死的，这就够了，你懂不？"

韩学生使劲点头："我懂，我都懂！"

老连瞅着面前这个鼻涕眼泪一大把的小兵，忽然笑了："行了，咱废话不多说了，你这就走！把脸擦擦，要不然都得结成冰凌子了。"

韩学生用袖口使劲擦抹了几下，脸上立刻变得花里胡哨的，他把武装带往上提了提，将匣子别到下面，收拾利索了才说："连长，那我这就出发。"

老连又思索了一下，做了最后交代："生子，见到营长教导员也好，见到团长政委也好，你就说我和丁捷一致同意提升你为三排排长，替了姜宝臣的缺，记住了不？"

韩学生当即就明白了连长的用意①，用力点头。

老连甩甩手,示意对方离开。韩学生倒退了几步,忽然立正敬礼,连福虎也回了军礼,对视片刻转身就走,随后便听到背后的哭声渐行渐远了。

送走了生子,老连返回洞里,几乎与此同时,一架飞机凌空滑过,丢下了两颗炸弹。他朝众人吆喝:"瞧见没? 又来了!"

哈里斯的愤怒持续了整整一夜,为了打击中国共产党的两支连队,他几乎损失了将近一半的兵力,尤其还让怀特丢了命。那可是全营官兵的精神支柱,只要每天晚饭前这名中尉肩扛步枪迈着轻松的步伐返回营地,都会收到热烈的掌声,像是欢迎传奇人物。

而就在昨晚,营部里则一片沉默,有人把尸体给抬了回来,士兵们围拢上去,看到他的中弹部位后纷纷发出唏嘘,进而变得惊慌无措。能杀死狙击手的人,只能是比他更凶悍的角色。怀特的死亡,让这个营瞬间陷入消极和绝望。

在医疗兵和战地牧师的合作下,怀特中尉获得了最高级别的礼遇,他们把遗体用温水清理干净,并做了力所能及的遗容规整,然后套上雪白的罩衣被单独安放在卡车上,使得他看起来就像一个殉道者那样保持了体面。

然而当中校看到士兵们眼睛里持续的恐惧时,他自己都难免会产生消极,于是就越发地烦躁和不安。

连日来,哈里斯为了掩护全师后撤,忙于与工兵部队协调,一天到晚得不到片刻歇息。中国军队的破坏力非常大,每天会数次阻断道路,炸毁桥梁和公路,而一旦车队停住,他们就会从山坡上冲下来,从四面八方冒出来,像羚羊一样敏捷地在岩石上奔跑和跳跃,敢于在非常近的距离投掷手榴弹,甚至追求用刺刀解决战斗。尤其他们喜欢使用哨子和军号相互联络,非常叫人头疼,每当伴随那种刺耳声音的出现,士兵们就会乱成一团,有些人胡乱射击竟然打死了自己人,不仅如此,这种恐慌正在以无法约束的速度到处蔓延。

有位上校曾不无讽刺地说:以后不用那些中国兵进攻,我们的人就会立刻杀死身边的人,而他们只要躺在山坡上吹号就够了②。

哈里斯已经意识到问题的严重性,如果不加以有效抑制,那么很可能引发大面积的崩溃,军心涣散的后果往往是灾难性的,届时整排整连的投降将会无法避免地发生③。而一旦造成这样的局面,己方的武器必将会成建制地落入敌手,力量的天平随之出现可怕的倾斜,那些共产党士兵也会有足够的胆子敢在白天展开集团冲锋④,并轻而易举地把联合国军赶进大海。战争的悲剧往往是从一次局部溃逃开始的,他很明白。

同时,他对战役的全局感到困惑,不清楚对手究竟藏在哪里,截至目前也没遇见连级以上的敌军,却又跟所有人一样满怀不安。伴随着越来越密集的小股袭扰的出现,这种不安呈几何倍数增长,令人担心的是,一场蓄谋已久的合围正在形成。所以他必须采取正确的行动,才能让更多的人活下来,让他的营能顺利渡过难关。

哈里斯决定彻底消灭对面的敌人,他是这么说服自己的主任参谋⑤的:"首先,如果敌人在人员上没能获得及时而有效补充的话,那么他们的人应该所剩无几,对于这种当量的小规模冲突应该胜券在握;其次,我的士兵们也需要用一场胜利来恢复他们本该拥有的士气,这样下去真的不是办法;最后,以武器效能来论,对方的军队并不适合进行阵地防御战,那些讨厌的家伙之所以会死守,说明这是敌人在整体布局上的一个节点,虽然眼下还看不出这一带有多大的战略价值,但你要知道有些事情真的不好说,所以尽快把他们赶跑或者全部消灭,显然是我们现在最需要做的事。"

而那名少校则替他补充了第四点理由:"好的,哈里斯,我认为完全可以,同时我也认为这样做有利于士兵们和你本人的情绪,大家都知道你对怀特中尉的看重,如果此时我们不去报仇,那么以后可能就再也遇不上这支部队了。"

哈里斯点点头,决定次日一早就展开攻势,而且要亲自带队,之后他又叫住了对方,问道:"嗨,等一下,你说他们还能有多少人?"

少校想了想回答:"我猜他们最多还有两个排,五六十人的样子。"

"哦,天哪!怎么可能会有那么多?我猜顶多也就一个排而已。不过我们确实要承认,那些浑蛋真的又顽强又不好对付,仅凭他们现有的装备来说很难理解那会是一种什么样的信念,那是根本站不住脚的,所有我更想知道他们究竟是怎么活下来的……"

可在次日一早,天还没完全亮的时候,中校就遭受了一次小小的挫折。

注释：

①排长属于部队最基层的指挥官，具备干部身份有晋升资格，所以连福虎才这么交代韩学生，希望他能获得上级信任，这样四连才有重建的可能。战争时期，由于人员损失巨大，火线提拔和委任颇为常见，但是最后也要获得主管单位的正式任命才有效，连福虎的做法有待商榷，可在当时却非常普遍。

②事实上美军在撤退过程中尽管也发生过一定混乱，但基本保持稳定，上校所嘲讽的多半是韩国部队，他们在与志愿军交战中往往一触即溃，军号一响就会造成溃散，甚至发生严重的踩踏和误伤事件。

③在云山战役中，迫于志愿军的围歼压力，美第25步兵师24团C连曾发生集体投降的案例，在国际上影响颇大，引发美国高层震怒，为此还撤销了该团的番号。

④志愿军因为缺乏有力的空中支援，大部队往往只能选择在夜间行动，所谓的"人海战术"仅存在于战略层面，以局部的优势兵力弥补火力上的不足，并非是大规模不计死伤的阵地冲锋。

⑤美军的营级单位没有设置副营长这一职务，通常以主任参谋代之，一般为少校军衔。

二十

如果不是当兵不是前线作战,应该不会有人愿意在这样一个寒冷的清晨起床的,特别是不会离开那个尚具备一点儿保温功能的睡袋和帐篷,这些物品当然也不怎么样,却多少还能给人些安慰,就像睡梦中各种美好的事物一样,可以帮助暂时逃避现实的残酷。

怠惰的情绪虽然还没有明确的迹象,但也似乎成为某种群体共识,尤其是那些来自佛罗里达州和路易斯安那州温暖故乡的家伙显然已经受够了,他们总爱用微弱且喋喋不休的声音发出诅咒,即便是在熟睡的时候。第一个掀开帐篷帘子的人肯定要破口大骂,然后再用几秒钟的时间鼓起勇气走出去,而他身后的那些人则会发出叽叽喳喳的抱怨,如同一群受到惊吓的小鸡。于是附近的所有帐篷都传出了类似的嘈杂,于是新的一天开始了。

士兵们依次走出来,因为异常寒冷的缘故,全部放弃了洗漱,要知道敢于在这种鬼天气里进行个人清洁的行为,其勇气简直可以和抱着去掉保险的炸弹睡觉相媲美。冻伤的问题同样严重且早就开始蔓延,很多人由于始终不肯脱掉袜子,导致再也无法脱下,除非在迫不得已的时候,必须接受连皮肤或脚趾一块儿揭下来的可怕局面。情况已经糟糕透了。

人们迷迷糊糊地走向火堆旁取用滚烫的咖啡,不远处的一些人正在给坦克热车,能听到发动机噪声后面传来的尖声咒骂。所有人都是僵硬和迟缓的,就像数百个失去灵魂的躯壳,漫无目的地做着他们似乎应该做的事情。

可就在这个时候,不知从哪里冒出几个人来,这些人穿过薄雾忽然冲到了近前,然后开始射击和投弹。节奏立刻发生了改变,人群也逐渐开始骚乱,就像几条泥鳅冲进沙丁鱼群里所制造出来的那种恐慌。一些人抓起武器进行了还击,但效果显然不佳,大多数士兵似乎还没有睡醒,远远地张望和怀疑着,不知道发生了什么,而那些较近的人则没那么幸运,手里还捧着热饮就让敌人从背后用刺刀戳中,一头扎进火堆里。

幸好坦克已经可以工作,机关枪成功地阻止了其中的两个人,他们正迅速接近这辆战车并试图占有。而其余的敌人则分别冲向了几个帐篷,里面瞬间传来了爆炸声和歇斯底里的哀号。

哈里斯刚刚拔出配枪,迎面就闯进来一个敌人,他立即果断射击打倒了对方,随后便吃惊地发现,在这个死去的中国士兵手里是一枚拆除引信的美式进攻型手雷①,或许因为冻僵了手指才没能松开。

中校大步走到了外面,鸣枪三次,才让自己的人全部安静下来,然后他大声说:"士兵们!几个疯子就能把你们吓倒吗?鬼才相信!这一定是外围哨兵懈怠了,我待会儿就去踢他们的屁股！现在你们需要做的就是继续吃你们的早餐,然后跟我一起冲过去,把他们全都宰了！"

所有人都发出一声喝彩,秩序随之恢复。

哈里斯来到坦克前,瞅着地上的两具尸体说:"他们难道不知道这是坦克吗?"

炮长从顶部钻出头来回答:"报告长官,他们应该知道,但他们一定不知道这玩意儿要怎样才能开走！"

哈里斯点点头,自己的人还是有些士气的,这多少叫人产生一点儿安慰。他俯下身,仔细打量对方的士兵,心里不免出现几分负面情绪。这些来自农业国家的普通军士,年龄明显不够大,更不够强壮,没有足以御寒的服装,武器也很原始,可恰恰正是这样的敌人在追着美军打。就拿躺在面前的这个人来说,他死得当然有些鲁莽,却也说得上壮烈,被十几发重机枪子弹轰烂了胸腹,若不是脊椎连着,应该早就断成了两截,内脏还在冒着热气,让人担心他会随时忽然跳起来。

中校发现在这名士兵上衣口袋里还插着一支钢笔,取下来看了看是苏联货,不免暗自感慨,如果不是这场战争,恐怕是没有机会获得俄国人的东西,而且类似的战利品应该并不多见,所以这个人极有可能还是个军官呢,中国人不佩戴军衔的做法实在是件匪夷所思的事情,他们究竟是靠什么来彼此分辨的呢?或许就像蜂群一样,有他们独创的信号吧?哈里斯收起了钢笔,扭头瞥见附近有根树枝,就捡了过来并用它挑开对方的胃脏,努力分辨了一下,不禁发出一声惊呼:"哦,上帝！他们就吃这个?"

一些人聚拢过来,窃窃私语。哈里斯直起身对他们说:"请记住我的话,只要是勇敢的人,我都会对其致敬,不管他是自己人还是敌人!好了,你们把他们埋了吧,坑要挖得深一些。"

随着战争的不断延续,没有人会记得这次袭击,尤其当敌人的尸体被掩埋之后,以及那二十几个倒霉的自己人被卡车拉走之后,一切都能恢复平静,至少在表面上看起来是这样,快得让人无法想象。没错,活着的人还要继续战斗,战斗也是为了继续活着。

同样,在另一个阵营里也不会有人记得,甚至不得而知。在这个薄雾弥漫的清晨所发生的微弱冲突,不过是朝鲜战争中的沧海一粟。此后,类似的事情一而再地发生,任何一支失去连长的部队都会瞬间变得失去理智,疯狂在不断上演,似乎把"干掉一个够本、干掉两个赚一个"作为最朴素的战斗信条。在对手眼里这是不可理喻的人海战术,而在每个志愿军的心中,这是对后续部队的最大帮助,也是最大的祝福。

没有人会为此书写英雄挽歌,哪怕正是由于这些人的默默离去才最终树起了那座丰碑。这丰碑是巨大且无形的,它在此后的半个多世纪里都在以同样不为人知的方式守护着中国,震慑着整个西方,并在冥冥之中不断告诫对手:学会尊重的第一要义就是别想轻举妄动。

那支像黄蜂一样发动致命一击的小股部队,正是二连的指导员和他的兄弟们。他们唯一的遗憾就是没能夺下那辆坦克,否则这位曾经参加过斯大林格勒保卫战的坦克手②必将给哈里斯的营部带来灭顶之灾。一方的遗憾造就了另一方的侥幸。

炮火延伸之后,四连的人立刻冲出了防炮洞,进入各自的战位。连福虎左右张望了一下,石春林和火器排的人都在两翼,李疯子则单独趴在最前头。扭头看,是冯二杠支着机枪在不远处,再往后是卫生员张实在和理发员牛通达,也都抱着枪。刨去洞里头的那4个伤员,总计15人,算是一个加强班。

老连举起望远镜刚要探视敌情,身边靠上来一个人,在他耳边说:"老连,妈的马治国跑了!"

老连一怔,扭脸去看,王合果正一脸杀气地瞅着自己,急忙问:"你说啥?老马跑哪儿去了?"

王合果气哼哼道:"刚才一块儿出来的时候,他还跟在我后头,等我过会儿再回头,嘿!人没了!你说这老小子狠不狠?"

连福虎还是有些不信,追问:"没准儿他猫在哪儿了呢,你都找遍了?可别冤枉好人啊!"

王合果一招手,许春从另外一侧跑了上来,气喘吁吁道:"确实没他!"

王合果愤然道:"瞧见了没?我跟春子可是两头都找遍了,真跑了!老连你就说咋办吧?"

连福虎犯了嘀咕,老马不该是这种人啊!难道说他临阵退缩还是要遇敌变节?一点儿迹象都没有啊!

王合果看连长发呆,自我安慰道:"我看还是随他去吧,反正留着也没用!打仗不行,就吃饭管用,这样的人多一个倒不如少一个!"

许春一旁小声说："我觉得司务长不像是那种人，连长让他去送信他都没去啊，又何必偷着开溜？说不定是去解手了……"

王合果轻蔑道："都啥时候了还解手？这些天吃炒面吃得想拉都拉不出来！春子你还小呢，不会看人，他那是老谋深算，懂不？万一他同意去送信，会不会让人产生猜疑？要么就是当着大家的面死要面子，等真要上阵了又犯了尿！反正不管你们信不信吧，他人已经不在了，这总是事实吧？我早就说过，对投降过来的有历史的就得提防着点儿，要不是当初怕死谁会投降呢？有一回就有第二回！"

老连忽然呵斥道："王合果你说话可要负责，别一棍子打死一片！人家姜宝臣怎么啦？不照样冲在最前敢跟敌人坦克打照面？"

王合果被噎住，支吾道："马治国能跟宝臣比吗？人家那是真正打仗的军人，我可没说他……"

老连瞪了他一眼，再次举起望远镜，同时还放出一个响屁，大有送客的意思。

许春心里很不是滋味，司务长为人宽厚，办事仔细，是全连最好说话的人，而且半点儿架子都没有，怎么在有些人嘴里就变得这么难听了。于是他踮起脚尖朝四周眺望，盼着马治国能忽然出现，但结果让他失望。

注释：

①手雷作为美军步兵近距离投掷武器被细分为两种：防御型和进攻型。防御型以金属碎片为打击手段可以抑制敌人的攻势；

而进攻型则采用非金属外壳和四到五倍的装药,以气浪作为打击手段,其爆炸所产生的冲击波能对敌方人员以及防御工事产生很大的撕裂效果和破坏力。

②曾在苏联学习的部分中国军人参与了斯大林格勒保卫战,但在当时更多地被认为是蒙古人或鞑靼人。

二十一

哈里斯中校站在炮塔里，朝并排的另一辆坦克挥挥手，示意出发。这次他拿出了全部家底，发誓要一举歼灭残敌。陆战营目前只有这两辆战车能用，不过他也并不担心，团里给补充的几辆坦克已经在路上了，估计正午时分就能抵达，而且据飞机传来的侦察消息，敌人的阵地上并没有任何的增援迹象，甚至不见人影。不过哈里斯可不相信对方会放弃阵地，昨天他们才干掉了自己的狙击手，不定怎么庆祝狂欢呢，现在多半都藏在掩体里等着我们的靠近。

这次他仍是带了一个连，近200人排成散兵线缓缓地跟在坦克后面①，摆出全力围歼的架势。不过让他不高兴的是，本来这些士兵出发的时候还是横队，走着走着一回头，居然变成了纵队，都踏着履带的印迹跟随。

于是哈里斯大声喊话："士兵们听我说！我在阵地后面安排了两挺机枪，虽然咱们的军队禁止这样做，但是我宁愿为此上军事法庭！好吧，如果有谁在进攻敌人的时候跑错了方向，那么机枪手一定会提醒你的！听着，如果你们不把那些狗娘养的中国人赶下山去，那么咱们谁都甭想活！包括我！"

正吼着，坦克忽然停住。哈里斯低头问："你们又是怎么了？"

炮长仰起脸来，同时向前伸出一根手指。

"中国人？继续前进！"哈里斯仔细看过去，发现远远地走来了一个人。他急忙拿起望远镜，看了两眼便用力挥手命令道："先别宰了那个中国人！等等看，他没有携带武器可能是想投降，而且看样子还是个军官！"

于是两辆坦克便不约而同地慢了下来，后面的士兵也都纷纷张望着，有些人在明白真相后甚至还吹起了口哨。

马治国背着炸药包平静地走来，他双手插在裤兜里表情散淡，此时此刻只有一件事似乎还没放下，那就是给养员韩学生能否成功地出去。他不只担心这个年轻人，还担心那些信件。如果这一切都能顺利的话，那么老母亲一定会为他在佛前祷告，期盼儿子能平安回家。而他自己则最终会被列为失踪人员，永世不得相见。至少这还不算是噩耗。

老马的这封信足足写了三次，每次都不够满意，生怕透露出一丝危险的味道，那样的话任何人读到都会加倍地担忧战况的惨烈，进而变得每日提心吊胆。信的作用就是汇报平安并给予希望，哪怕中间也得留下必要的嘱托。所以改到最后，连老马自己都觉得内容过于轻松祥和了，反倒显得刻意隐瞒了什么，于是他在末尾又加上了一段话：儿行千里母担忧，母在故土儿不愁，今生若无堂前孝，来世膝旁伴白头。

写完了，老马也已哭湿了衣襟，缓了好半天才重新变得坚强起来。随即在信的背面又给自己的二弟留下话，让他在力所

153

能及的情况下为姜宝臣的遗孀提供援助,并连续写了两个"谨记"。折好之后,他对着这封信连磕了四个头。

此刻他走得不紧不慢,面带坦然,寒风吹过领口,也没觉得有多冷了。他朝前走,坦克也朝前走,就像两个熟人一样越靠越近。忽然,从背后来了一枪,正射在马治国的腿肚子上,他的小腿立刻断了,肉也飞出去一大块,几乎就要摔倒。

老马没有回头,疼得浑身直打哆嗦,稳了稳重心便一瘸一拐地继续前进,而且速度明显加快。

几乎所有的美国兵都一齐朝他呼喊,并用力鼓掌。

哈里斯也从炮塔上使劲招手,用对方并不明白的语言喊道:"快啊!你的人正要杀死你!"

马治国点点头,似乎听懂了似的,挥舞着双臂跛着腿一颠一颠迅速靠近,并在坦克停住的一瞬间冲了上去,而后一个猛子扎入下面,同时引爆了导火索。

哈里斯还没反应过来,就觉得整个战车被轻轻地抛离了地面,随即从一米高的地方跌落下来,造成了巨大的震颤。这个浑蛋!他大声咒骂着跳出坦克,抽出配枪朝履带下面连射了几下,可这当然没有任何意义。

坦克已经彻底坏了,就连驾驶员都被当场震死,底舱内简直惨不忍睹。

王合果沮丧地蹲在战壕里,一手挂着枪一手不停地抽打自己的左脸,打到最后指甲都掉了。他哀怨地仰视着连长说:"老连!你他妈崩了我吧!"

老连并不理睬，指点着坦克车旁的人影说："春子，你先把他给我敲掉！"

许春抹去泪水眯起眼睛看了看说："那一看就是个当官的，不过啊这个距离可是有点儿远，我怕够不上他。"

老连轻蔑道："这么好的家什在手里你还磨叽个屁！赶紧着！"

许春瞄了又瞄，却始终没有扣动扳机，嘟囔着："来呀，再近点儿就行……"

老连正要继续挖苦，谢尔曼的同轴机枪射来一串子弹，还是带色的曳光弹②，擦着他俩的头皮飞了过去，他嚷嚷道："瞧见没！人家开始瞄咱们了，再他妈不动手就该吃炮弹了！"

许春却说："我看它瞄的不是咱们，它瞄的应该是后面一排长他们。"

果然，从谢尔曼炮管里喷出了一股烟雾，一发榴弹嗖地从脑顶掠过，正中二杠的机枪位，那挺捷克式轻机枪瞬间被炸成两截凌空飞舞。紧接着就听见冯二杠扯着嗓子叫骂："我×他先人哎！"

许春听见人没事，幽幽地道："这可够让一排长心疼的。"

老连也心疼，替二杠失去心爱的武器而惋惜，嘴上却说："活该！叫他不收好了，这回完蛋了吧！"

二杠躺在战壕里依旧骂不绝口，也不管脸上被弹片割开的伤口正哗哗地冒血，毕竟那挺捷克式是拼了性命才拿到手的，跟了他两年，爱死了，每天不抱着睡觉都不行。方才敌人那一炮本是可以要了他的小命，却正赶上他猫在一侧的壕沟里排泄，才幸免于难。一听机枪打过来，就觉得不妙，赶紧往回跑来护枪，裤子都没顾得上提，眼下他光着半个腚，怀抱着半支枪愤怒至极。

老连吆喝："二杠啊——可惜顺子不在了，没人能帮你修枪啦！"

二杠回答："没鸟事！等会儿我用92炮，也能给司务长报仇！"

石春林远远地嚷嚷："你用92炮那我用啥？我他妈才是火器排排长！"

二杠回答："那个炮还是我帮你推上来的！我就用用怎么啦？"

石春林沉默片刻，似乎接受了这个提议，于是喊："那你还不滚过来！"

老连龇牙乐，刚叼起一根烟就听许春的枪响了。他急忙拿起望远镜，一看，便发出了欢呼："咿——春子干掉了个当官的！"

李疯子也发出尖叫，于是阵地上响起了各种鼓噪呼应。

许春自言自语抱怨道："老连哪，我早就说要来打仗，不打水了，可你非不同意。"

老连笑眯眯地拍拍对方的肩膀说："我早说过，你不要以为连长都是对的！"

许春张望了一下，再次瞄准，并扣动扳机。于是加兰德步枪以其优异的性能结束了第二名美军的生命——那个跑上去试图抢救中校的医护兵中弹倒地。

老连激动地拉起了家常："春子，你们家是不是祖传当兵的？你说你小子咋不早点儿参战呢？这个炊事员真是误了你啊！"

许春因为司务长的死，情绪很不高，实在不能理解老连怎么还能那么开心，只得随口回答："其实我也不知道能打这么准，我不想当炊事员的原因就是不想死了之后让别人说，四连炊事员许春同志不幸牺牲，好像我死的时候是和锅碗瓢盆在一块儿！多没面子！"

老连笑道："说得是，说得是啊！"

伴随着敌人的逼近，92炮也开火了，首发即命中了坦克，但那辆战车仅仅是颤抖了一下又继续前进，同时将炮口指向了火器排的阵地。

石春林急忙大喊："快撤炮！"

可是已经晚了，谢尔曼报复的节奏实在来得太快，一发穿甲弹直接掀翻了92炮，轮子也被炸飞到半空。

二杠瞅着轮子滚下阵地，叹息道："这回妥了，俩轮都没了。"

石春林大声叫骂："你个丧门星啊赶紧滚蛋！怎么你来哪儿哪儿就被轰?！"

他的话音未落，又一发榴弹打过来，步炮阵地彻底毁了，一名战士连同弹药箱被凌空炸碎。

连福虎大吼："李疯子你还等啥呢！燃烧瓶啊——"

李疯子听到坦克迫近，从战壕里连续甩出火瓶，丢了好几个，终于听到一声脆响，他发出一声欢呼，继续朝同一方位投掷,伴随着噼里啪啦的碎裂声,李疯子跳了起来,开始用冲锋枪扫射附近的敌人,同时看到了逐渐被大火吞没的坦克。可是他万万没想到,谢尔曼却在烈焰中射出了最后一炮,炮弹擦着他的脸颊飞了过去,竟然扫掉了他的耳朵。

李疯子瞬间一侧失聪,眼前的战斗也变得不再真实,只好重新缩回壕沟去寻觅那只丢掉的耳朵。但是没找到,早不知飞哪儿去了,他于是抓起一把土塞进耳洞,脑袋晃了晃,似乎恢复了些许平衡。

当他再次跃起射击的时候,迎面又忽然俯冲下来一架飞机,刚好进行了低空投弹,李疯子赶紧抱着脑袋蹲了下去,只听见身后传来了不一样的爆炸声。怎么是这个动静?他带着不安的心思回头瞅了一眼,就彻底惊呆了,老连的阵地已是一片火海。

注释:

①美军的一个普通连队大约 150 人,而满编的陆战师连队则要接近 200 人,均超过志愿军连级人数。

②坦克上的同轴机枪一般安装在炮塔前面,与主炮平行,所以又称"并列机枪",不但可以射击敌人,还主要用于为炮手瞄准定位,炮手开炮前先用同轴机枪发射曳光弹确定敌人坐标,从而最终提高炮弹的命中精度。在热成像仪和激光瞄准器等先进设备诞生后,现代坦克也多数保留了这一武器,便于目测观瞄。

二十二

橘红的黑紫的火球翻滚了很远,刹那间扯起一道炽烈的焰墙。李疯子想喊出一声"老连",可是竟然提不起丝毫力气,周边的氧气已被猛然抽空了,让他觉得整个肺叶都缩成了一团,无法呼吸,颓然倒地。

那颗凝固汽油弹并没有击中连福虎的阵地,但是对他的右翼造成了毁灭性的破坏。三个火器排的战士尚在装填迫击炮时就被大火吞噬,连灰都没剩下,箱子里的几发炮弹也瞬时殉爆,将发射筒凌空炸飞了数十米,落下来的时候还烧得通红。一名运送弹药的战士被燃油溅射,立刻就烧成了火人,满地打滚,火势却丝毫不减,他绝望地哀号,喊着"妈妈妈妈"直到咽气。阵地上到处弥漫着令人作呕的人类脂肪和毛发的焦臭味。

好半天人们才从噩梦中清醒过来,互相低沉地问候着,像是刚从地狱中走了一圈。连福虎看敌人退下去了,就起身清点了一下人数,然后自言自语道:"还剩七个了,还不少哎!"

许春终于憋不住了,无法克制不满的情绪,他幽怨地说:"老连,你好像什么事都不在乎啊!就知道数数,那些数的背后可都是咱们的兄弟啊!"

老连瞅着这个失魂落魄的小兵,忽然破着嗓子吼叫:"你说的啥?啥叫我啥事儿都不在乎?!你懂个屁!要是每死一个兄弟我都得难受,那我这颗心早就碎成好几百瓣了!那我是不是得疼死?我的兵不能有一个怕死的!谁先走一步那是他妈的造化!还能让大伙儿见识见识哪!那叫福分!四连要是就剩下我一个,我他妈也要战斗到底!你个小兔崽子甭跟我哼唧,你还想抗议啊?你他妈抗议个脑袋!我跟你说,这人一共有仨模样,笑模样、哭模样,还有不笑不哭绷着脸的臭模样!我老连是宁可笑也不绷着脸,宁可绷着脸也不哭!哭有用吗?你绷个脸又到底给谁看?你去看看咱们全连上下谁敢跟我绷着脸?人死了心里难受就行,难道还得让大伙儿集体上吊去?只要活着那就必须要战斗,必须要报仇!能嘻嘻哈哈才能打到底!你看这里的谁不是嘻嘻哈哈的?你看看!"

许春哭喊道:"他们嘻嘻哈哈那都是装着给你看的!背着你的时候该哭的还是哭!你啥都不知道!就知道敌人上来的时候嚷一嗓子,四连——走啊!然后看着身边的弟兄们一个个死了你连眼都不眨一下!过后你还跟人穷逗,逼着别人跟你笑,不过这也对,要是都哭哭啼啼的都丧着脸给你看,你也就撑不住了,你撑不住四连也就完了……"

老连厉声断喝:"四连完不了!你再敢说一次四连完了,我他妈大耳刮子抽你!"

许春没敢搭腔,只能不停地抹眼泪。

老连本想再嚷嚷下去,忽然被一股浓烟呛住了,剧烈地咳嗽起来,他抓起水壶仰脖灌了两口,结果又让水给呛了,险些没背过气,挥手把水壶扔出去老远,而后一屁股坐在地上呼哧呼哧地喘,大有一种攻心怒火无法消解的情绪。

许春着实有点儿后怕,怕老连真的气死,可又不敢说什么,只能傻乎乎站在一旁任鼻涕眼泪横流。

老连缓了缓才起身凑合过来,抚摸着许春的脸,后来又用衣袖为其擦拭,喃喃道:"春子,你人干净,心也干净,下辈子可别当兵了,当啥都别当兵了……"

"嗯!"许春使劲地点头,也想再安慰一下对方,却一时找不到合适的言语。

这时,忽听阵地前沿有人尖叫:"老子还活着哪!"

"李疯子!"连福虎又惊又喜,招呼道,"赶紧回来!退到这边来!"

李疯子却不从,反而跑到更远的地方,弯腰捡起了什么。不大会儿工夫便出现在众人面前,挥舞着手里的一支短枪扬扬得意道:"你们看这是啥?这是当官的用的!这是他妈的左轮啊!"

老连急忙走上前去,接过来看了看,又侧着脸瞄了瞄,认可道:"这么大号的手枪确实不多见,估摸着一枪能把人脑袋给轰掉。"

李疯子见连长喜欢,倒也愿意借花献佛,于是把枪索回,然后双手一托,献礼道:"老连,这是咱专门想送给你的,收着收着!"

老连却说:"这应该是春子的战利品才对,是人家一枪放倒的,你拿来耍巴个屁呀!"

李疯子挺没脾气,看了许春一眼问:"春子,你的战利品是不是也得上交？"

见许春点头，老连这才笑嘻嘻地接了过去，别在腰间。

忽听冯二杠大叫："有炮击！快隐蔽！"

"他妈的没完啦！"老连一边骂着一边指挥人们奔向防炮洞。可惜晚了，炮弹瞬间及至，整个阵地立刻陷入了一片火力汪洋……

这通炮击持续的时间并不算长，美军看似进行常规性报复，实则是为了制造火力阻隔以便能抢回营长遗体，如果中校的尸骨不幸被敌人夺走，那必将是糟糕透顶的事情，极容易惑乱军心并导致余众就地溃散。

于是在一位勇敢的少校带领下，几名老兵拼死冲回了阵地，并顺利地抬回了他们的长官。哈里斯自然已死，不过好在还没冻僵，遗容也算完整，除了配枪失踪，其他遗物都在。士兵们望着他们的头儿，很多人都流下了痛苦的泪水，这个男人戎马半生功勋卓著，如果不是因为脾气差劲早该升任准将了，虽然他对上司时常不敬，可对下属却很是亲切，没有人愿意相信他会死去。

为此，那名少校愤怒地咆哮道："你们都给我听着，从现在开始，我们不接受中国人的投降！一个也不留！"

老连被刚才那一炮震得肺叶子疼，缓了缓还是过不去那个劲儿，生怕一张嘴就会喷出血来，他拍打了一下石春林的屁股，然后指了指不远处的一只水壶。

石春林懂了,爬过去把壶拿起,摇了摇,有水。

老连喝了两口水,直沁肺腑,倒是好受了点儿,这才气喘吁吁道:"娘哎!这水快成冰碴子了!"

石春林苦笑道:"老连,刚才那一炮是不是快吃不消了？"

老连点点头:"要是再来一下,估计我就得废了,还好他们不打了。"

石春林叹道:"依我看,就刚才这通炮,我估摸咱的人又得减。"

老连擤了一把带血的鼻涕,咂吧着嘴说:"大林,你去吆喝吆喝,看还剩下几个了？"

石春林于是扯着脖子高喊:"都有谁——谁还活着哪？"

喊到第三声的时候,就听右侧数十米外传来了回应:"我——在哪!"

石春林惊喜道:"老连,听动静像是二杠啊!"

老连也喜上眉梢,催促道:"你再吆喝吆喝啊!"

石春林就喊:"二杠!二杠是你吧——还有别人吗？"

这次二杠的回音清楚了点儿,他也使劲吆喝着:"是我!我和疯子在一块儿哪!"

石春林显得更兴奋了,喜悦道:"老连,你听,二杠和疯子都还在呢!"

老连眯起眼睛说:"你说神不神哎？这通炮居然把他们俩给撵到一块儿去了!哈哈!"

石春林笑得走了音,笑到一半忽然顿住,又侧耳倾听。

就听背后很远的地方有人呼唤:"我也在哪——"

石春林疑惑地问："这谁啊？我咋听不出来了？"

老连思忖道："应该是实在吧，我记得他在咱们后头。"

石春林"哦"了一声，索性站起来朝后面吆喝："张实在——是你吗？"

张实在答："是我啊——是我！老连还在吗？"

石春林喊："在哪！我们都在哪！"

张实在又问："那我现在也过去行吗？"

老连赶紧嘱咐："别让他来！万一落个炮子可就把咱们一窝端了！"

石春林点头，回复："你别过来——老连说的！"

张实在答应了一声，也就不再嚷嚷。

连福虎沉吟片刻禁不住心里一痛，王文书和大牛可能没了，春子也可能没了，刚才这小子还跟我啼哭呢……他不敢去想往事，可往事拼命朝他心口里钻，王合果当年曾救过自己的命，带着伤把他从死人堆里背出来，牛通达理发的时候嚓嚓地快，还总爱在他耳边喷热乎气，春子不是还说过要投胎变成鸟蛋嘛……老连使劲管住自己的泪腺，深吸了一口气才说："大林你看，就剩下咱五个了，这还没过晌午呢，我估摸啊等不到个把钟头，敌人还得来上一拨，我得赶紧眯一会儿了。"

石春林也郁闷道："来就来吧，最多咱俩就一块儿上路呗！可我就是上火啊，要是有挺机枪就好了，再来它两百发子弹！我就能挡他们一个排！可惜咱一没家伙，二没法近战，光挨炮轰了！"

老连却不以为然道："近战？你可别急，马上的事儿！只要咱

164

们这边没了动静,敌人肯定得送一个排上来,到时候就看谁的刺刀顶用了。大林,咱俩的小命今天可就都交待在这儿了,我问你,后悔不?"

石春林摇头说:"老连,跟着你我从来没后悔过!"

老连点点头,仲手进兜里乱摸:"现在能来根烟就好了……哎哟坏了!"

石春林吃惊地问:"咋了?!"

二十三

老连浑身一震,如同被什么虫子咬了一口,傻乎乎地发愣了几秒钟才缓缓把手缩了回来,与此同时脸上也挂满了愧疚。不过,在他手上多了一样东西。

石春林瞪眼一看脸色就变了,没脾气地说:"哎呀,这信你咋给忘了?"

老连龇牙咧嘴道:"我的娘哎,所有人的信都塞进去了,唯独你这封!大林你……"

石春林抓耳挠腮地说:"老连啊老连,不是我说你——哎呀!我可怎么说你哎!反正也这样了,我就不如干脆当真跟你说了得了,这要是我自己的信那也就算了,可这不是啊!这是……这是我……这是指导员的信啊!"

"啊?"

"这是指导员写给我姐的信!"

"啊?!"老连如梦方醒,回想起某些点滴,不禁叫苦道,"我怎么就没猜出来呢?当初老丁负伤就是你姐给医的,我说他回来之后怎么经常发傻走神儿呢,原来还有这么一段啊……"

连福虎的脑子里瞬间冒起了好多泡,过去残存的几个疑问终于合拢归位，一并得到了化解。

1948年夏，华东野战军第十纵队受命攻打济南外围，从城西切入，四连负责夺取飞机场。由于部队连续作战得不到补充休整，十纵当时仅有不满员的两个师，调度起来相当艰难，又是硬碰硬的大战，损失不小，丁捷就是在那个时候受的伤。

这个伤说起来也挺可笑，一颗流弹打在炮筒上然后反弹，不当不正就飞进了老丁的臀部。也亏了事先的撞击卸了力道，否则他的半个屁股蛋子肯定难保。抬到后方医院一看，问题不算大，但也没法再上前线了，必须休养。起初丁捷还闹着回来，可是闹了没两天就忽然老实了，开始安生养伤。

连福虎在战斗间隙的时候还跑过去探视老战友，正赶上老丁换药，天气炎热伤口化脓，满屋子都是消毒水和皮肉溃烂的恶臭味儿，能把人熏个跟头。可即便如此，护士们却一个个忙前跑后不为所动，让老连觉得这些女人也挺不得了的。

丁捷只能趴着，不能坐也不能站，出汗太多导致前胸还起了一大片痱子，特别烦躁，再侧耳倾听远方传来的攻城炮火，更是担心连队的安危。不过，当那名护士出现的时候，他立刻就平静了，竟然还能挤出一丝笑模样，让老连惊讶不已，看起来护士还就得女人做。

起初丁捷还误以为她是个苏联人，试探着用俄语打招呼，但是石春玲却用一口字正腔圆的沧州话告诉他自己是百分之百的中国人。丁捷觉得不只是好奇，还有某种好感呢。首先，他此前几乎没接触过异性，偶尔有文工团过来演出也不过稍纵即

167

逝,又不是首长,连握手的机会都没有,所以容易害臊是肯定的。其次,他也没被异性接触过,尤其是肌肤,尤其是屁股这种极为隐私的部位,所以尴尬是无可避免的。此外还有,他毕竟在远东地区啃过两年的黑面包,自然就对那片土地和那片土地上的人民充满情感,如今碰上这么一位异域风情的姑娘,必定引发某种"他乡遇故知"的想法。总之,害臊、尴尬、联想最终汇聚成一股爱的力量,这力量前所未有,能战胜所有的伤痛和烦恼,很神奇。

老连站在一旁参观整个换药过程,眼睛全放在老搭档的屁股上了,竟然没能窥见端倪,说白了还是因为自己也是光棍一条,缺乏实战经验。等石春玲刚一走开,他就跳到老丁的面前说:"嘿!你这个腚还挺白嘛!"

丁捷吓了一跳,倒不是惊骇所致,而是那股热乎劲儿还在脑子里烧着呢,被人一搅犹如当头泼了一瓢凉水,他忍不住申斥道:"老连哎,你能不能注意点儿影响啊!"

连福虎不明所以,扭头看了看这病房里的几十号伤员,就问:"都是爷儿们注意啥影响啊?"

丁捷答:"这不是还有女同志嘛。"

老连摆出觉醒的样子说:"噢!那又咋了?人家都能给你屁股换药,啥都能看见,你还有啥不好意思的?再说了我说的也是实话,你跟边上这位老弟的屁股比比看,还就是你的白!"

丁捷十分没脾气,侧脸望了望石春玲的背影讲:"老连,我这伤怕是要耽误一阵子了,估计济南是没机会进去看看了。"

连福虎并不明白对方的真实用意,还假惺惺地安慰道:"这十几万人的大仗呢,又不缺你一个,你就安安生生地在这儿养着吧!养好了再说,说不定等你出来的时候,全国都解放了呢,哈哈!"

丁捷苦笑道:"你这是安慰我呀还是咒我呀?"

两人正嘻嘻哈哈呢,石春玲又匆匆走来,手里还端着一个盆子,她对老连说:"这位同志请让一让,我给他擦擦身体。"

连福虎一怔,口音挺耳熟啊,于是这才留意到对方的样貌。石春玲虽然戴着口罩,可一眼也能认出不是本土人来。老连觉得好奇,却也不敢瞎打听,就乖乖地靠边站了,瞧着她的一举一动。

石春玲的盆子里是茶叶水,她用毛巾沾湿了给丁捷擦拭,手法迅速却不生硬,让人看着就那么舒服。而丁捷也很会配合,双肘努力支撑起上半身,很惬意地接受这种土法治疗。

老连点点头,客观评价道:"这个管用!"

石春玲却说:"也管不了多大用,顶多让病人好受点儿,啥时候能走动了也就好了,哎,你别在屋里抽烟,要抽出去抽!"

老连刚要点上火,一听这话赶紧灭了,伸头探脑道:"是!卫生员同志!"

等她走了,不等老连问,丁捷就抢先说道:"哎,你也发现了吧,嗯?"

连福虎试探着问:"她好像跟大林是老乡吧?"

丁捷颇有深意地点点头说:"何止是老乡,我要说出来你肯定会想不到。"

"啥?难不成是大林的媳妇?"

丁捷不高兴了，严肃道："别胡说！人家是大林的姐姐，亲姐！"

老连诧异道："真的啊？我的娘哎，还能这么巧了！我说他们怎么长得挺近乎呢！"

丁捷思忖了一下说："世界就是太小了嘛，要不是受伤，要不是来这个地方，恐怕这辈子都碰不上呢，哎，老连，你回去之后跟大林提一下吧，让他们姐弟俩最好能见见面，机会难得不是？万一等部队调动了，想再碰见又得猴年马月去了。"

老连痛快答应："行喽！"

丁捷又嘱咐："济南不好啃，你得多留个心眼儿，别让大林乱冲乱打啊，他姐还一直挂念着他呢。"

老连点点头，忽然问："哎，老丁，你是咋认出来的？你是不是没事净跟人家逗闷子了啊？"

丁捷皱眉道："别胡说了！你该回去就回吧！"

老连一想，自己确实是胡说，就这么几个卫生员，要照看那么多伤号，哪来的工夫闲扯啊？没准儿是人家到处打听弟弟的下落，逢人便问，刚好让老丁给听见了呢。于是他照着丁捷的屁股拍了一巴掌说："行喽，那我就先走喽！"

丁捷被拍得钻心的疼，龇牙咧嘴地骂："你个死老连，下回等你伤着了看我怎么收拾你个兔崽子吧！"

老连并不理会，带着笑声飘然而去。

此刻，连福虎终于想明白了，老丁一定是和那个女卫生员谈过心，而且还是认认真真的。

第二个事,便是石春林的反应。济南拿下后,部队进行了短暂的休整,老连就特意把大林喊来,让他去看看指导员,还叫老苗给煮了两个鸡蛋带上。

　　石春林兴高采烈去慰问伤员,并不知道自己姐姐的事,等见着丁捷后发现他恢复得很快,几乎可以直立行走了,就生拉硬拽搀扶到外面溜达了一圈。两人谈起未来有说有笑,说到济南战役失去的兄弟又不免哀伤慨叹。

　　偏巧碰上部队首长过来视察,护士们大声吆喝,丁捷便忙不迭往病房赶,还不住地回头嘱咐:"大林你可千万别走啊!这儿还有个人要见见你哪!"

　　好半天领导才撤了,石春林正等得不耐烦呢,就发现从院子里走出来一个人,朝自己使劲地挥舞着胳膊,近一看,这不正是自己日思夜想的姐姐嘛!石春玲摘下口罩,眼泪也跟着哗哗下来了,拉着兄弟的手反复地摇晃,怎么也看不够。

　　战争年代,部队调动频繁,要想在几十万人的队伍当中找个人,几乎就是大海捞针一样,姐弟俩相见这事都能传为佳话了,能不激动落泪吗?

　　可是两人都有任务在身,不可能没完没了地唠家常,只好长话短说。石春玲告诉弟弟,自己目前在三纵队野战医院当护士,要不是这次三纵和十纵分在一起打城西,恐怕就没得机会见着了。然后她又提起了丁捷,知道他们是一个连队的,所以才能搭上线,这简直就像是做梦一样的缘分。

　　石春林于是连连夸赞指导员,同时拜托姐姐能好好帮忙照看。姐弟俩又说了几句相互嘱咐的话就打算分开了,可还没走几步,石春玲忽然又追了上来,从兜里掏出一个鸡蛋塞给他。大林就愣了,这鸡蛋明明就是自己拿来的嘛,上面还有许春画的笑脸图呢!一共才两个,指导员居然能分护士一个,这是啥关系呀?

二十四

战乱时节物资供应极度匮乏,很多东西你给多少钱也不一定能买到,类似鸡蛋和糖都属于稀缺玩意儿,要不是连长跟一个老乡预约好了,根本搞不来的。

面对亲兄弟的质疑,石春玲这才意识到鸡蛋的由来,索性照直说了。她最后的原话是:咱爹妈都不在了,你没啥意见吧?

大林能有啥意见?他几乎要笑出声来,万万没想到这次过来既见到了姐姐,又见到了姐夫,一家人算是齐全了。

等石春林返回连队,整个人都变了,话也多了,哪怕独自待着的时候都能呵呵呵地笑。难免不会引起老连的疑惑,在冷眼观察了两天之后,干脆叫到面前审问一下。

老连问:"你小子最近变化挺大嘛,出了啥事啦?"

大林摇头:"没事没事!"

老连嗤笑道:"没事?没事你天天乐得跟个什么似的!"

大林就严肃起来哄骗道:"老连啊真没事,我就是因为看见指导员快好了,也看见我姐了,就高兴呗!"

老连还是不甘心地问:"你的意思是说双喜临门了呗!那至于高兴成这德行?"

大林只好认真地讲:"你说指导员快回来了你高兴不高兴?"

老连点头。

大林又说:"我们姐弟俩好几年没见着了,忽然碰上你说该不该高兴?"

老连迟疑道:"这个我就不知道了,反正我又没姐。"

"你没姐那是你的事儿,还不许别人有姐的高兴了啊?"大林撅了对方一句,然后便微微一笑吹着口哨走开了。

此刻,连福虎终于想明白了,石春林当初就是装的,糊弄得自己一愣一愣的,不过也能理解。

这第三个事,便是老丁的反常表现,甚至还有些神秘。

丁捷在病床上终日趴着的时候,却也没闲着,他起先是看书,后来偶尔能和石春玲对话了,总觉得意犹未尽,可又怕旁人的眼神,确实容易造成双方的尴尬。老丁做事仔细,讲究方式方法,若无十全把握绝不会贸然出击,于是便求助她找来了本子和笔,并就此展开了书信攻势。

每次换完药,他就悄悄地把一篇早已折好的纸递给她,石春玲扭脸看看附近没人注意,就偷偷收进兜里。青年男女的一大法宝,便是靠眼神也能实现沟通。如此的一来二去,石春玲也就动了心,开始回信。两人平时话不多,都是交流"正事",加起来一天也超不过三五句,可信却越来越长。

如果这些信可以公布于众,也着实没啥好看的,无非是行军打仗、建设祖国之类的激情言语,简直和公文差不多。唯一具

174

备私密性的话题,也就到家乡哪里、入伍经历为止,如同个人简历。可即便是这样,当两人在分头阅读对方的来信时依然会如痴如醉,会反反复复地看。

可惜好日子总是不长,丁捷的伤口恢复得太快了,再赖着不走显然说不过去。于是在出发前的最后一天晚上,老丁借着月光写下一封告别信,总算是吐露了衷肠。其中最要命最过火的一句话是:待到全国解放之日,唯盼携手一见双亲。

次日一早,丁捷打起背包就走,走到岔路口便停下,靠在一棵榆树下出神。时值初秋,天气慢慢变得清爽了,田野里到处都是鸣叫的昆虫和飞舞的蝴蝶,晨风吹过,青草的味道里面隐约还夹杂着一层花香,让人觉得活着之美。抬起头,可见树梢背后的晴空,碧蓝清澈,云来云往。

石春玲还是出来了,她小跑着赶到,生怕耽误了时间。见着丁捷之后,她头一次显得格外害臊,红着脸靠近,把一封信和一个苹果塞给他,然后扭头就跑。丁捷喊她:"哎——"

石春玲头也不回地说:"哎什么哎——要保重!"

丁捷一直目送她的背影消失,这才拿起苹果放在鼻子下面闻了闻,有果香,也有女子指间香。

等他回到连队,变化自然并不比大林小,虽然还是能跟所有人有说有笑的,可时不时又总爱发呆,这定是逃不过老连的眼睛。

不过老连也知道真要去问也问不出个所以然来,就故意拿话点他:"老丁,你到底是哪儿中弹了?屁股还是脑袋?有啥小想法能不能跟我念叨念叨啊?"

丁捷把本子一合,答:"连福虎同志,你的求知欲如果能放在学习文化上该多好?要不然以你的资历,现在起码也是个团长了。"

老连碰了一鼻子灰,深知就算找根钢筋来也撬不开对方的嘴,丁捷是那种外表文质彬彬内心却坚硬如铁的男人,除非他想主动找你说。

此刻,连福虎终于想明白了,他的指导员同志那是恋爱了,而自己还傻乎乎地东猜西猜呢,以为老丁会被调走或是出了啥思想问题,这不是开玩笑嘛!如果真有那些麻烦肯定早告诉自己了哎!恍然大悟之下,心情反倒越发得不轻松了,他双手把信高举到面前,像个捧着笏板的古代官员一样对着信说:"娘哎!这可完了蛋了,老丁啊老丁,你咋不早跟我说嘞,又不是见不得人……"

石春林也很无奈道:"本来我也没想说这个,指导员也不让我说出去,说等打完了仗再公布,可眼下……老连你说咋办吧?这可是指导员最后给我姐留下的话啊!"

老连心里老大不是滋味,自己一个小小疏忽竟然惹出这么大的难堪,再明显不过的是,这封信肯定砸手里了,没有任何可能送到正主那边去。丁捷牺牲时候的惨状也立刻浮现在他眼前,越发刺痛肺腑。

见连长一脸茫然,石春林心里有气归有气,嘴上还得象征性地安抚一下,于是说:"老连,事儿已经这样了,谁也没辙,除非咱能活着离开,我看你最好能挺到最后才算对得起指导员啊!"

老连也不言语,脑袋靠在炸药包上闭了眼,连烟瘾都没了。石春林无事可做,索性又朝几个方向吆喝起来,可再无人回应。

不多会儿,老连忽然睁开眼睛说:"大林啊,我想看看这信!"

石春林皱眉道:"不合适吧?"

老连解释:"你看反正这信是送不出去了,也就不算啥秘密,我就是想看看咱指导员都写了啥。"

石春林也动了心思,可嘴上仍是说:"这不好,人家的信又不是写给咱……"

老连并不理会,说看就看,径直拆开了信封,展开信纸,瞪起双眼来读。

石春林本想凑过来一起看,但总觉得这么做有点儿差劲,是对指导员的不敬,更是对姐姐的不公,再说有啥好看的呢,一封信还能有啥?他是这么想的,也是这么说的:"信上写的啥?"

老连不语,上上下下仔细阅读,眉头紧锁,好半天才郁郁地说:"按理说我也是识字的人哎,可这上面的字我是真的一句话都读不懂啊!他妈的干着急!"

石春林差点儿气乐了,眼里闪着泪花说:"我早说了让你别看你非看……"

与此同时,在另一个炮弹坑内却上演着一幕冤家聚首。

方才铺天盖地的炮火,终于把两个人轰赶到了一块儿,同时跳进了一个坑里。李疯子抬脸一看竟然是二杠,瞬间的喜悦一下全散了,他二话不说就往外爬,刚爬到坑口,十几米外又落下一颗炮弹,巨大的气浪把李疯子整个人掀起,飞到了坑的另一侧,他感觉整个头颅都在轰鸣,用手一摸,耳朵正在冒血,显然已经震破了耳膜,下意识地想站起来跑动,可没成功,这才发现被一枚弹片崩进了大腿根,连皮带肉旋下去一大块,疼得他浑身抽搐。

就在这时,二杠把他拽进了坑洞,然后检视伤口赶紧包扎。李疯子用力抵抗,却被对方牢牢压在了下面动弹不得。

二杠按住李疯子说:"这回妥了,咱俩可以好好聊聊了。"

李疯子悲愤地嚷:"老子听不见了你才知道找老子唠嗑!妈了个巴子的,老子连自己说的话都听不见了!"

二杠大笑,笑完了抄起枪刺就冲了出去。李疯子尖叫,你跑哪儿去?二杠不回,知道他也听不见。一气儿跑到石春林他们的坑边,往里一看老连正在酣睡,就低声朝下招呼:"大林,敢不敢跟我去打他们一个反冲锋?"

石春林点点头,朝老连告别道:"大哥,下辈子咱再叙吧!"

两个人拎着枪并肩走向敌阵,一路谈笑风生,尘沙扑面,越走越远。

李疯子好不容易才爬出来,张望着二人的背影忽然有种被抛弃的感觉,他看了看手里的冲锋枪,已经没子弹了,就随手抛进坑里,浑身上下摸索一番,只有一枚手榴弹,于是攥在手里一瘸一拐地跟了上去。

走了没多远,李疯子瞅见浅坑里坐着一个自己人,正在呕血,就凑合上去招呼:"王文书!老王!"

王合果似乎浑然不觉,继续大声咳嗽并吐出血沫子,在他面前已经有了很大的一摊,好像是在专心收集这种液体。

李疯子自言自语道:"也是让大炮给震的,不过也是活该!谁让你小子背后放冷枪打自己人呢?你别以为我不知道是你,老马也知道是你……"

他捡起了对方的步枪,扛着走开,再抬眼去找二杠他们,却早就不见了踪影。尘土飞扬,大风在阵地上呼啸来去,整个世界都灰蒙蒙的。李疯子头一次觉得孤单,但没有丝毫的畏惧,为了给自己提神打气,他甚至还哼唱了一首老家的歌谣,唱着唱着就忍不住想起了一些往事。

十几岁的时候,他曾和大伯撑船去捕鱼,嫩江的夏天到处都是河鲈的影子,挺着锋利的背鳍划破水面,露出熟悉的腹部上的五道黑斑,每回看到它们他都会发出高亢的尖叫,叫得多了,嗓子也会哑。到了入秋,他们还会逆流而上,赶奔人迹罕至的陌生水道去搜捕哲罗鲑,那些块头庞大且异常凶猛的鱼类洄游到这里,极难捉到,有一次大伯准确地投出了渔叉,而那条大家伙竟然带着叉子潜入黑色的深渊里去。

李疯子边走边想,也不知道那条巨大的哲罗鲑还活着吗?是否一辈子都顶着渔叉凶猛无比?他希望它还活着,高举"权杖"游荡在数十米深的江底,桀骜不驯,威风凛凛……

二十五

天空逐渐舒朗,风把浮云吹走,露出了漂亮的蔚蓝,阳光也射了下来,照在人皲裂的皮肤上很是刺痒。连福虎欣然苏醒,仿佛睡了一个世纪,感觉浑身都沉甸甸的,像是布满了蛛网,他互搓了几下手背眯缝着眼享受照耀,然后随口说道:"大林啊,你说要是他还活着该多好啊,等打完了仗,咱们一块儿去闹指导员的洞房,看老丁到底能出多少洋相,不对,应该是你姐夫的洞房! 大林? 大林……"

外面已经无声无息了,只有风声呜呜辗转来去。这既像是两场战斗的间隔,更像是两败俱伤之后的偃旗息鼓。不过有人已经意识到发生了什么,却又无动于衷,如同一个旁观者,冷眼瞅着这个世界上最残酷的角落。

赵天生扭过脸来不再倾听,继续寻找新的话题,为了方便沟通,他采用了一种类似北方话的发音说:"诸位,你们可曾想过就在此时此刻别的人在做些什么? 我说的是在朝鲜之外啊,中华人民共和国,任何地方也好,包括你们各自的老家都行,总之就是不打仗的地方吧,你们想上一想吧。"

另外的三个伤员都散坐在防炮洞里，刚才也一直在聊，一个光听不说奄奄一息，一个有一搭无一搭的似乎想着什么心事，也就剩下那个伤势较轻的还能跟老赵对付几句，基本上都是靠他一个人在东拉西扯，打破一次又一次的沉默。不过对于这个最新的话题，大家似乎都有了共同的兴趣。

有人问："现在估摸着也就后半晌吧？"

赵天生答："估摸是吧。"

那人便说："要是眼下的时节嘛，我爹他该是在家忙着嘞！农闲人不闲，到了后半晌也闲不住，给牲口铡铡草，给后房山墙上抹点儿泥，我娘呢肯定到处去拾柴火，院里码了一大堆，我们家那边离下雪也不远了呢。"

有人插话问："你家里还有牲口啊？"

"嗯，有哇，早土改了嘛！分了我家一头骡子，我妹子托人写了信跟我说的。"

"那还真是好哎！也不知道我们家咋样了，好几年都没回去了，早该写封信问问呢。"

"唉……你们这些有家有业的当然好了，像我这样打小就没了爹妈的，都不知道该想个啥！"

"想啥？啥都甭想了，光棍一条混世一个，你就想想过去的美事儿得了。"

"哪来的美事唉……不过你这么一说好像也有，也算是吧，你们谁还记得打完了上海后的那回，老苗给咱们蒸了肉包子！我一口气儿吃了它19个！第20个死活也吃不下了，呵呵呵！"

"记得记得！咱们是先去听完戏，回去才吃的肉包子，那叫一个香！我吃了 15 个呢。"

"你们哪，就记得吃！"

"嘿嘿……"

"老赵，还是说说你吧，你不是自吹家里可阔气啦？"

"你听他吹吧，我才不信他嘞！要是家里阔，谁还出来当兵哟？"

赵天生惨笑了一下说："阔就是阔，有啥可吹的嘞？不过嘛，那都是以前的事儿啦，自从我参了军就都过去了，不提也罢。"

"不提就是没有，编都不知道咋编了吧？哈哈！"

赵天生脾气来了，必须给自己正名，于是说："既然你们不信，那我单说一个事儿吧，听完了你们就晓得我是不是吹了。"

"你说你说！"

赵天生便讲："要说阔气，你们就算没经过，也能见过听过，所以那些不稀罕的事儿我就不提了，谁都会编。我就问你们，有谁见过家里的地契的？都没有吧？你们各自家里都不趁地哪来的地契？诸位有谁见过真正的地契是啥样的不？上面都写了啥？我来告诉你们吧，官卖的叫土地执照，村里私人买卖的叫验买契纸，上面除了要标明房屋土地的位置、大小和交割价钱，还要有代笔和中人，结亲找媒人买地找中人嘛，这才能立下字据，对了还得有证人，就是村官和左邻右舍，但凡能作保做证的就行，当初我爹买地的时候我就站在边上看，我们家里光地契就十多张呢，你们说算不算阔气？"

三个人一听都有点儿傻眼，这玩意儿确实没见过，而且听老赵说得有模有样，还真像是那么回事。

赵天生虽说看不见,也能感知大伙儿都服了,就哈哈一笑道:"也不知道现在我那哥哥嫂子们还剩下几张地契了,不过嘛,卖了也好,早晚也得归公。"

有人追问:"我说老赵,你家里的地都归了公,那以后咋办?咱全中国的老百姓都不能有自己的地那还图啥?这事儿过去指导员也说过,他讲大道理都是一套一套的,我还是没闹明白个所以然来。"

"你不明白那是因为你傻,咋俺们都闹明白了呢?就是全中国的地都平分,按你家里的人头算,一人一份懂了不?"

"那就是说……家家都能领到地契啦?那可真是好哎!"

有人又问:"老赵啊,你家里那么阔还出来当啥兵?说心里话吧,后悔了不?"

赵天生摇摇头说:"悔个啥嘞?当兵就是为了解放受苦人,最后还要解放全人类,一辈子要是光会吃香的喝辣的不苦不累,那就不能叫一辈子。"

"老赵的觉悟高啊,我们是比不了的。"

"咋会比不了?咱们都一样,眼下命都搁这儿了,还不是为了后人能过得好?你们都说说吧,就算你不出来当兵,等革命胜利了也能分到地,打仗又不缺你一个,你不是也来了嘛,说说吧有谁后悔来了?"

"我倒是不后悔,能跟着连长和指导员还有四连的这帮弟兄们真不后悔!"

"我也不后悔,咱爷们儿能这样在世上转一遭,也是轰轰烈烈了。"

"可我有点儿后悔呢……你们别多心啊，我就是后悔没能跟家里人最后多说会儿话，要是现在能变只小鸟飞回去，甭多了，就给我一个钟头就够了。"

"那你还肯飞回来不？"

"回！把你们仨扔这儿不回来我放心不下啊，咱一块儿来的就一块儿走……刚才不是还说家里嘛，家里人都能安安生生踏踏实实过日子，咱就不赔！"

"说得是，像我这样没家没业光棍一条的，也盼着全天下都能好好的哎！"

"要是这么一说，那我也明白过来了，有没有觉悟不能全凭嘴头上能说，还是得看实际行动，咱的觉悟也不差嘛！"

"嘿嘿，就是就是！"

"只可惜呀，咱爷们儿几个是没机会建设新中国了，也看不见了，不过连指导员那么大学问的人都能豁得出去，咱也没啥可说的。"

"谁说的？咱现在就是在建设新中国呢，拿命建设！"

"嗯，也是……"

"老赵，你咋不说了？再挑个头儿吧，咱接着说。"

"让他缓缓吧，也累了，光说了。"

"是啊，也不知道前面咋样了……"

正说着，张实在忽然扑到洞口哭喊道："人都死光了！连长一个人冲上去了！我也跟他们拼了——老哥儿几个咱来生再会吧！"

赵天生方才确实疲倦至极，精神也游离恍惚，仿佛身体里

184

住着的那个魂儿随时都能跳脱出去，意识也变得丝丝缕缕的，尤其大家方才说的那些话是越来越齐心，似乎再也没有什么放心不下的事了。若有，只在连长一人身上，还想再听他吆喝一嗓子呢，然后就此上路，这辈子才算是齐全了。蒙眬中听到卫生员的叫嚷，忽然清醒了一些，他咬了咬下嘴唇，把背后靠着的炸药包拽了出来，横置在两条断腿上，然后招呼洞里的其他三个人："大伙儿都听着……谁还能出去打现在就去，别让实在落了单！动不了的就都靠过来吧，俺带你们上路嘞！"

伤员们彼此对视了一下，就纷纷挣扎着爬了过来，和赵天生紧紧地靠在了一块儿，所有的手臂也都相互挽着，生怕自己掉了队，然后一起喊道："老赵，大伙儿全来了！带我们回家吧！"

赵天生已经能够听见自己清晰的心跳，咚咚咚的，覆盖了每次的呼吸，震颤着每一根血管，他觉得口干舌燥，大脑不时出现空白，忽明忽暗，这一定是对生的留恋，不能再犹豫，否则就拉不动那条细细的导火索。于是他点点头，用尽全力发出沙哑的吼声："四连啊——走！"

那声巨响震撼了整个后防，山谷也跟着发出回声，绵延不尽。

连福虎猛地回头去看，防炮洞已经垮塌，一股石灰岩破碎后的尘埃迅速升腾至半空，随即化作一阵沙石暴雨。

老连缓缓地站了起来，像一块愤怒的钢铁。他举枪连续射击，打倒了一名冲上来的美军士官，子弹用光了，随手一扔，就顺势抓起了那只炸药包。然而敌人的一挺重机枪还是抓住了他,持续不断地点射,其中的一发正中其颅顶。

张实在紧跑几步,双臂扑出接住了连长的身体,然后他便看到了极为可怕的一幕。连福虎的头盖骨被打掀了,后脑勺的头皮却没断,使得那块颅骨就像打火机的盖子那样向后翻起,整个大脑裸露在外,如同被细致敲开的核桃一般完整,白色与红色混杂着,在寒风中还冒着热气。

他来不及多想,赶紧把"盖儿"扣上,然后顺手扯下上臂绑着的毛巾给对方包裹住头部,又将自己的帽子扒下来为其戴好,这才把连长轻轻放在地上,并抚平了他的四肢。当这一切都有条不紊地做完之后,这名小卫生员才意识到全是徒劳,他的连长再也回不来了。

尽管如此,张实在仍是做出了一项最大的决定——当敌人的坦克开过来的时候,他忽然一跃而起,然后朝侧向飞跑。

坦克上的机枪并没有响,敌人似乎搞明白了他的身份,一个背红十字包且未携带武器的落单卫生兵,绝对是战场上难得一见的猎物,于是开始了一次耐心而又轻松的追逐。

几分钟后,当那名小兵不慎绊倒,这场竞技才宣告结束,他们驱动着机器从中国士兵的身上碾了过去,竟然没有感觉到任何的震动和起伏。

二十六

　　韩学生去往团部还算顺利,翻山越岭一路小跑,接近正午时分终于到了,人也累得不成样子,棉裤早被汗水湿透,风一吹就冻成了冰,走起路来沙沙地响。可算见到自己人了,他却不知道该找哪个合适,转悠了两圈一跺脚暗骂自己真是没用,于是拦住了一个人就问:"喂——团长在哪儿?"

　　那人正皱着眉头急匆匆经过,瞥了他一眼又走出几步才回头问:"你是干吗的?"

　　韩学生答:"我找团长有事,汇报工作,你又是干吗的?"

　　那人有些不高兴地说:"有啥事你就跟我说吧!"

　　韩学生疑惑道:"你是团长吗?"

　　那人厌烦道:"有话就说有屁就放,哪来的那么多废话!"

　　韩学生也火了,正色道:"我找的是团长,你又不是,我凭啥跟你说?"

　　那人瞪了他一眼,迈步就走。迎面奔来一名战士,腋下夹着厚厚的一沓文件,腰里还插着短枪,看样子应该是警卫连的人,见了那人急忙立正敬礼——政委好!文件也跟着噼里啪啦地掉落了不少。

韩学生吃了一惊,原来这位就是团政委啊!还以为只是个参谋文书呢……

政委低声教训道:"你慌个啥?有啥可慌的!还有,以后不要动不动就敬礼,附近已经出现敌人,你想让我成靶子啊?"①

战士连连答应着,捡起地上的文件就跑了。

韩学生于是近了两步说:"政委……政委您好!"

政委就像没听见一样继续朝前走。

韩学生嘀咕着:"我叫韩学生,我是一营四连的……"

政委猛然停住脚步,回头问:"一营四连?"

韩学生答:"是!报告政委,我叫韩学生,是一营四连炊……三排的……排长。"

政委走到他的面前又问:"你们连目前在哪里?情况咋样了?"

韩学生如实回答:"我们连目前还在原地防守呢,本来想主动出击,结果敌人先攻上来了,目前情况很不好……"

"很不好是什么情况?"

"敌人已经连续进攻好几次了,从昨天开始,炮火太猛烈,我们连只有不到 20 人了。"

"连福虎呢?"

"我们连长还在,还在坚守没撤下来。"

"他那是撤不下来了吧——丁捷呢?"

"丁……我们指导员已经牺牲了。"

"什么?!他是怎么死的?"

"指导员带队去跟敌人拼刺刀,把敌人打下去了,可忽然来了炮击就没处隐蔽,他中了炮,遗体到最后都没凑齐……"

政委的眼睛瞬间红了,刚要开口,泪水便唰唰地滚落下来。

韩学生不知所措道:"政委,能给我们补点儿人吗? 要不然我们连就真的没了。"

政委难过地转过身擦了擦脸,含混道:"莫说你们连,就是你们整个一营都快没了, 咱们初来乍到没跟美国鬼子交过手,不该去打阵地战哎……"

韩学生隐约明白了,四连不会得到团里的任何补充,注定孤立无援。

政委缓和了一下才问:"连福虎打发你过来就是为了要人?"

韩学生摇摇头说:"我们连长没说要人,他是让我出来送信的,把所有人的家信都带出来。"

政委点了点头,语气沉重道:"好,我知道了,信就交给我吧,我让人立刻转到后方去。"

韩学生答应一声,立刻把脖子上的匣子取下,双手递了过去。

政委双手接了,打量着他说:"小韩同志,你呢? 你是留在团部还是……"

这显然是个难以回避和回答的问题,韩学生却并无犹豫地说:"我回去,连长他们还等着我呢,多一个人就多一份力吧,再说大家要是看见我把信送出去了肯定都会高兴呢。"

政委默然瞅着对方好几秒钟,才说:"好吧,那你就立刻归队,路上多加小心! 等等——我问你,你们指导员,丁捷同志牺牲前说过啥没有？"

韩学生想了想答道："他说让大家都给家里人写封信,还有,拼刺刀让共产党员出列,还有……没有了吧。"

政委吸了吸鼻子,浑身上下一通乱翻找出半包烟来,递给对方说："你把这个拿走,给你们连长,如果他还活着的话,你告诉他连福虎,团里不是不想支援他,现在全团都要出去作战了,是全团每一个人!所以我现在能支援他的就只有这个了,我也可以代表团长向他以及向你们四连下达最后一道命令——继续发挥我军的优良战斗作风和不怕牺牲的革命英雄主义精神,最大化地消灭敌人,保护好自己和身边的同志!小韩同志你听到了吗?"

"是!"

韩学生返回的时候已是黄昏,整个人都快跑虚脱了,可仍是不想减速,腿肚子上仿佛安装了什么马达,根本也停不下来。让他急切不安的是,越接近营地反倒越安静了,起初还能听见零星的枪声,到后来则万籁俱寂,除了山谷里的大风呼啸,就剩下自己急促的心跳、喘息和脚步声,并最终混合成一种古怪的音响,不断地敲击着灵魂。

随着暮色降临,他的某些希望逐渐变化成一种侥幸,也许大家还在呢,至少有一部分人还在,就像昨天晚上那样聚拢在山洞里,商量着明天闲扯着将来,然后他会忽然跳到他们面前,大声喊——嘿!想不到是我回来了吧?

他也不能空手回去,那样都会扫兴的,所以他有必要把政委的话调整一下,最终让大家愿意接受——全团每一个人都参与战斗了,包括团长和政委,同志们要保护好自己和身边的人,同时最大化地消灭敌人,继续发挥我军的优良作风!政委还支援给老连半包烟作为鼓励!

韩学生就这样一边暗自勉励着自己一边朝绝望走了过去。远远可见敌人的影子在阵地上四处游荡,从数不清的尸体中找寻自己人,或者干掉那些一息尚存的中国人。伴随夜色的降临,清场行动渐渐结束,最终一切回归了安静,只有一些烟雾还在风中飘浮。

这晚的天空很清澈,但风仍是很大,刮得繁星在闪烁中颤抖,整个阵地都被遗弃了,唯有他的哭声伴随着月光忽明忽暗。

他像个走失的孩子一样哭着,感觉自己被全世界丢弃,形单影只,走投无路。除了不断地发现新的尸体,然后呼唤对方的名字,并不知道还能做些什么。当他找到连长的时候,却意外发现这是唯一还有点儿呼吸的人,文书王合果趴在老连的身上,背后插着半截刺刀。

韩学生叫了几声,可对方一点儿反应都没有,摸摸脖子也很凉,却尚存若有若无的脉搏,还活着!于是他背起自己的连长,开始漫无目的地奔走,也不知道该去哪里。

晌午的时候他从团部一出来,就发现人们都在整装准备出发,现在肯定是找不到了。返回阵地的路上,还撞上一支美军巡逻队,险些丧命,幸亏遇见二连的一个班正四处打游击,才把他救了。眼下身处异国他乡,强烈的陌生感和恐惧感彻底包围了他,似乎只有盲目地乱跑才是唯一的希望。

背上的老连不知是否还活着,韩学生感觉不到半点儿来自外部的体温,也听不见对方的呼吸,可他不敢停下,更不敢去验证,生怕得到那个最糟糕的结果。只要连长还在他的肩膀上趴着,四连就还在,他就不是一个人。

后半夜的时候,他遭遇了一队士兵,于是钻进路边的树林里躲避,却意外地发现那原来是自己人。为首的一个班长向他提出了询问,哪里有美国兵?这可真是一个蠢问题,韩学生只得如实相告,说有一个美军的陆战营在什么什么方向,而且他们的火力实在凶猛。他一边说着一边把目光落在对方肩头的机枪上,这是一支模样古怪从未见过的武器。

"就一个营吗?你可别以为我们只有这一个班,我们是先导部队,后面还跟着咱们的一个整编师呢!"班长不屑地说完,又拍了拍扛着的机枪介绍说,"没见过吧?德国造!这家伙能压制一个排呢②!"

再后来,韩学生果真遇见了这支大部队,近万人无声地穿行在黎明前的薄雾里,军容严整,步履矫健,杀气十足。他背着连福虎站在路边看着,看着看着,禁不住号啕大哭……

半年后,连福虎竟然奇迹般地再次出现在这个世界上③,他正打听老部队消息的时候被人认出,认出他的人少了半张脸,是一连唯一的幸存者老蒋。

老蒋告诉他两个坏消息,头一个是原来的团没了,从团长到政委乃至整个团的那一千多号人全部战死,活下来的算上老连也只有三个人。第二个,救他的那个叫韩学生的排长前不久刚刚牺牲,死于一次意外事故,究竟是什么意外却并不清楚,只说是意外,所以全团活下来的就剩他们两个。

老连点点头,表示听懂了,但是觉得点头带来了很大的疼痛。

那天晚上他们俩在战地医院外的草地上喝了很多的酒④,均醉得不省人事。时值初夏,气温舒适异常,索性就地酣睡。午夜的凉风中连福虎转醒过来,发现老蒋已不知去向,他忽然大吼:"四连——走! 走啊——"

山谷辽阔空寂,无人呼应。

放眼望去,在那群峰之巅浮云之上,宇宙苍溟间,流淌着万里星河……

注释:

①志愿军没有军衔制度,所以干部和士兵的服装基本一致,美军的狙击手只能依靠士兵向军官敬礼的方式识别高级作战人员的身份。

②MG42型机枪是德国"二战"中最优秀的步兵武器,因射速极快声音不间断,被称为"元首的电锯",这种特殊的声音一旦响起,对盟军士兵来说犹如噩梦。国民政府曾少量采购用于军事培训,后被我军缴获,由于耗弹量太大,极少用于实战,最多作为战场测试兵器。

③在朝鲜战争中,志愿军战士颅骨损伤后存活的案例不止一起,因弹头没有进入颅腔,未能产生达姆效应造成神经损伤,在严

寒条件下细菌感染概率也会被降至最低。

④我军官兵通常是得不到酒的，获得酒的方式只有两种，从敌方缴获得来或医用酒精,此处后者的可能性居多。

补　记

1952 年,斯大林表示:

鉴于志愿军在朝鲜作战中的卓越表现,以及中、苏两国的友好关系,苏联宣布放弃其在《雅尔塔协定》中所获得的旅顺、大连和中长铁路管辖权,并归还中国。

1953 年,战争结束。

在这个狭长的半岛上,有 20 个国家卷入了这场战争,有两万多个连队曾为各自的信仰和尊严而战,有近四万美国士兵失去生命,尚有七千多人的遗骸下落不明。关于这场战争,在美国至今没有人愿意提起。

1954 年,姜宝臣同志被追认为中共党员。

1955 年,兵团番号撤销,连福虎被授予少校军衔(正营职)。

1956 年,老连复员回乡,组织上安排他到县农业站工作。

1958 年,35 岁的老连经人介绍与一名寡居多年的女民兵结婚,夫妻和睦,婚后育有一子一女。

1959 年初,当得知最后一批援朝志愿军已经归国后,石春玲彻底绝望,她向上级提出申请调离部队医院,去往苏北地区成为一名赤脚医生,并于六十年代初嫁给当地高校的一位俄语教师,七十年代末病逝于合肥。

1964 年,在马治国家人的不断寻访下,姜宝臣的遗孀和遗腹子被找到,并获得烈士家属的待遇和妥善安置。其子在 1967 年参军,后晋升为第十四军某连连长,1979 年对越自卫反击战中于越南老街壮烈牺牲。

1979 年元旦,中美建交。

连福虎找来梯子,从阁楼里取下一个盒子,拂去灰尘,打开,里面是一把"史密斯威森"左轮手枪。这是 1950 年美国海军陆战队第 1 师的军官配枪,这是哈里斯中校的遗物,也是兵团首长特批给老连的纪念品。他向组织提出申请,并提供了相关描述,希望这支枪可以回到那位勇敢的营长家人手中。上级同意了他的请求,同时希望可以附上一封信。老连不知道写什么,更不想写,就回绝了。

1980 年初春,哈里斯的遗孀收到这个意外的礼物,不禁老泪纵横,这毕竟是她的丈夫唯一从朝鲜带回来的东西。那个强壮的加州男人为人直爽、刚烈粗豪、热爱家庭,求婚的时候却温柔异常。这是逝者的过往。他被埋在了哪里,没有人知道。

1983 年 5 月,老连从市农林局副职的岗位上退休,带领全家继续种树,他的目标是拿下三座高地。可是种到后来,子孙都跑光了,就剩下他和老伴,到 1993 年老伴也挺不住了,老连只好带着一头毛驴上山。那毛驴也不用牵,每天驮着树苗跟在后面,脖子上挂着一个硕大的铜铃铛,走起路来丁零当啷的,很是悦耳,熟悉他的老乡一听就知道是老连和"豆子"来了。

1995 年,老伴的去世曾经一度使老连陷入消沉,为此他开启了一场特殊的旅行,足迹涉及广西、四川、上海、江苏、安徽、陕西、山东等地,意在探访旧部的痕迹,收获却并不大。最后他来到天津宝坻,竟成功地见到了牛通达的后人,那五个孩子均已长大成人儿孙满堂,长子还在当地开了一家理发店。老连顺便理了发,见到了大牛的家书和遗像。

1999 年,科索沃战争爆发。

老连看电视睡不着觉,终于做出决定,放弃他的最后一件战利品——亨利·怀特中尉的皮夹。

这只皮夹里是怀特的日记,记录了自己如何从战地医生变成了医疗兵和狙击手的事,以及写给妻子的数十封情意绵绵的信。连福虎始终没有找人进行翻译,倒不是因为不好奇,而是作为一名老兵、一名丈夫和父亲,对此实在没有什么不能理解的,单是那张合影就代表了全部。

2006 年,老连的植树计划胜利完成,三座荒山郁郁葱葱,开始有鸟兽出没。

闲下来后,他在孙女的帮助下学会了上网,还注册了微博,看到有些关于朝鲜战争的言论,老连气得要死,真想透过屏幕扔过去几颗手榴弹。后人们这是怎么了?享受着太平却要歌颂敌人?后来孙女知道了,安慰老连不要在意,不是还有那么多人给你点赞了嘛。老连这才发现确实有很多年轻人支持自己,还学会了一个新词叫"挺你",他踏实多了,只要孩子们懂事,国家就有希望,也就放心了。

2009 年 10 月 1 日，连福虎作为老兵代表在天安门观礼席参加国庆 60 周年阅兵，当重装甲方阵轰鸣着驶过长安街的时候，这位 86 岁的老战士流下了热泪，这是他从戎以来的第二次。

2015 年秋，老连冒充只有 70 岁的年龄，成功地接受了前列腺癌的手术，与他同一病房的一位 35 岁软件工程师，则怕得要命，哭得死去活来。

2019 年冬，老连委顿在躺椅上晒太阳，忽然听到了叽叽喳喳的动静，他抬起昏花的眼睛瞅见了一只小鸟，正站在窗台上朝自己鸣叫。

老连说："嘿，你是春子吧……"
当天下午，这位老兵离世，嘴角上还带着一丝微笑。

为了援助朝鲜人民解放战争，反对美帝国主义及其走狗们的进攻，借以保卫朝鲜人民、中国人民及东方各国人民的利益，着将东北边防军改为中国人民志愿军，迅即向朝鲜境内出动，协同朝鲜同志向侵略者作战并争取光荣的胜利。

毛泽东

1950 年 10 月 8 日

这协定暂时停止了那个不幸半岛上的战争，我虔诚地希望它永远终止。对我来说，这亦是我四十年戎马生涯的结束，作为联合国军总司令是我军事经历中最高的一个职位,但是它没有光荣。在我执行我政府的训令中,我获得了一次不值得羡慕的荣誉,那就是我成为历史上签订没有胜利的停战条约的第一位美国陆军司令官。我感到一种失望的痛苦。我想,我的前任麦克阿瑟与李奇微两位将军一定也有同感。

马克·韦恩·克拉克

1953 年 7 月 27 日

我最大的喜悦就是此时此刻能给你写信,可是你知道这张纸再一次写到了末尾,不过没关系,明天我仍会继续。吻你,同时请帮我亲吻伊琳娜,告诉她,爸爸正在遥远的东方深深地想念她,告诉她我一定会回到你们身边,并保证再不离开,因为这里真的比冬天的落基山还要冷。我要睡了,爱你。

亨利·怀特

1950 年 11 月 27 日柳潭里

我死之后,你得答应我件事,这事不难,咱俩是亲父子所以答应的事儿必须得办,犯不着赌咒发誓啥的。以后每到清明,你就把我说的这些人的名字大声念一遍就完,有多大声使多大声,也别落下我,把我放最后头。你拿纸记一下,指导员丁捷、火器排排长石春林、一排长冯二杠、二排长李丰泽、三排长姜宝臣、新兵神枪手许春、一排副陈景文、一排机枪手常铁生、二排爆破手王枭、二排射手秦再兴、三排突击班赵天生、火器排炮手徐增寿、司务长马治国、炊事班班长蔡老苗、给养员韩学生、文书王合果、卫生员张实在、通信员夏满豆、理发员牛通达、新兵孙年顺、司号员薛金泉……

连福虎
2019 年 12 月 9 日遗嘱

我们的战士大多都是农家子弟,没几个识字的,很保守很传统,维护孝道,甚至还迷信,懂得身体发肤受之父母不可损毁。可就是这样的人,敢于抱着炸药包和集束手榴弹冲向敌人,他们没有豪言壮语,甚至在生命的最后时刻也是沉默的,有的人只是喊了一声"妈妈"就和敌人同归于尽了。

高德茂
(作者妻子之祖父、志愿军第十九兵团连长)

伟大的中国人民志愿军,用绝对的信仰和忠诚,以前所未有的组织动员能力,发挥强悍作战之勇气,以极高的战斗素养敢于慷慨赴死,以生命极限的韧性血战到底,使其最终成为一支令人敬畏的部队,从而达到人类步兵史上的巅峰。

历史铭记不朽。

作者题记
2019 年 12 月 31 日

200